계 축 일 기

sodampublishingcompany

베스트셀러고전문학선5

계 축 일 기
펴낸날 | 2003년 11월 1일 초판 1쇄

지은이 | 미 상
펴낸이 | 이태권
펴낸곳 | 소담출판사
　　　　서울시 성북구 성북동 178-2 (우)136-020
　　　　전화 | 745-8566　팩스 | 747-3238
　　　　E-mail | sodam@dreamsodam.co.kr
　　　　등록번호 | 제2-42호(1979년 11월 14일)

ISBN 89-7381-769-8 03810
　　　 89-7381-775-2 (세트)
● 책 가격은 뒤표지에 있습니다.

www.dreamsodam.co.kr

베스트셀러고전문학선5

계축일기

소담출판사

책 을
펴 내 며

고려대학교인문대학장 설중환.

   고전문학작품이란 말 그대로 예로부터 내려오는 훌륭한 작품들을 말한다. 이는 우리 조상들이 생활하면서 생각하고 느낀 모든 것들이 깃들어 있는 '보물창고' 라 할 수 있다.

   흔히 21세기는 인간과 문화가 가장 큰 화두가 될 것이라고들 한다. 근대에 들어 지금까지 기계화와 산업화와 정보화에 매달려 온 인간들은 어느새 스스로 참모습을 잃어버리고 말았다. 나를 잃어버린 것이다. 우리가 길을 잃으면 어떻게 해야 할까. 다시 원래의 출발점으로 되돌아가는 것이 가장 빠른 길이 아닐까.

   고전문학은 우리들을 새로운 출발점으로 안내할 것이다. 고전문학은 오염되지 않는 지혜의 보고로 항상 우리 곁에 남아 있기 때문이다. 현대인들은 다시 고전으로 되돌아가야 한다. 그 속에서 우리는 우리의 본래 모습을 되찾을 수 있을 것이다.

   이번에 새로이 기획한 〈베스트셀러 고전문학선〉은 오늘날 한국인들이 꼭 읽어보아야 할 주옥 같은 작품들을 수록하였다. 특히 모든 사람들이 쉽게 읽을 수 있도록 평이하게 편집하였다. 또한 책의 뒤에는 저자와 작품에 대한 자세한 정보뿐만 아니라 각 작품들 안에서 독자들이 생각해 볼 수 있는 점들을 첨부하였다. 독자들은 이를 통해 더 깊은 고전의 세계를 맛볼 수 있을 것이다.

   모든 사람들이 고전작품을 통해서 한국인의 정체성을 되찾고, 참 한국인으로 살아갈 수 있다면 그보다 더 반가운 일은 없을 것이다.

차 례

西宮錄 제一권

서궁록 제1권

명나라 만력제 즉위 때(선조 35년) 중전마마께서 아기씨를 잉태하셨다는 이야기를 들은 유가[1]가 중전마마로 하여금 놀라시게 하여 낙태하시게 할 요량으로 일을 꾸몄다.

대궐 안에다 돌팔매질도 하고, 또 궐내 사람들을 사귀어 움직여서 나인들의 뒷간에 구멍을 뚫고 나무로 쑤시기도 하며, 여염집에 횃불을 든 강도가 들었다고 소문을 냈다.

이때 궁중에서도 유가를 의심하는 바가 없지 않았다.

그러다가 계묘년에 중전께서 정명공주를 낳으셨다. 그런데 조보(朝報)[2]를 미처 발행하기도 전에 이 소식을 먼저 베껴 돌리던 궐내 사람이 잘못 전하여 대군이 탄생하셨다는 소식을 전하니, 이 소식을 전해들은 유자신은 아무런 대답도 하지 않았다. 그 후 다시 대군이 아니라 공주가 탄생하셨다는 말을

---

[1] **유가** 광해군의 장인 문양부원군 유백신.

[2] **조보(朝報)** 기별.

듣고서야 답례로 무엇을 주었다고 하였다. 이것으로 미루어 보아도 그가 중전을 얼마나 미워했는지 알 만하지 아니한가.

그 후, 병오년[3]에 중전께서 영창대군을 낳으셨다는 소식을 듣고 유자신(柳自新)이 집에서 머리를 싸매고 음흉한 생각을 하던 끝에 정실인 중전마마의 몸에서 적자(嫡子)가 태어났으니 서출인 동궁(東宮)의 자리가 위태롭다고 생각하여 계책을 꾸미기로 하였다. 그는 동궁을 모시고 있던 권세 있는 신하들과 정인홍(鄭仁弘)과 친교를 도모한 후,

"무슨 수라도 써서, 동궁을 위하여 정성 들여 굿을 하고 점도 치도록 하여라."

하며 다른 한편으로 소문 내기를,

"맏아들인 임해군(臨海君)에게 자식이 없으니 임해군으로 세자를 삼아 영창대군에게 왕위를 전하려 하신다."

라고 하며, '선묵제 만묵제'라는 동요까지 지어내었다.

그들은 또한 명나라의 천조(天祖)에 광해군(光海君)을 세자로 승인받는 주청을 올릴 것을 재촉하니, 임금께서는 이를 못 이기시어 갑진년에 이르러서 광해군을 세자로 승인하기 바라는 사연을 담은 표문[4]을 소상하고 간곡하게 지어올리셨다. 하나, 당시 천조에 대해서는 뇌물을 바쳐 구워 삶을 수도 없는 노릇이었고, 조정이 옳은 것만 따르며, 또한 황제도 엄정하셔서 내리는 성지(聖旨) 또한 엄하기 이를 데 없었다.

---

[3] **병오년** 선조 39년.
[4] **표문** 제왕군주 및 정부에 올리는 글.

"국가의 큰 예법에 비추어 차남을 세자로 세우는 일은 조정과 나라가 쇠하고 망함과 한가지이니, 우리 조정이 온 천하에 법을 펴고 다스리는 마당에 있어 조선의 조정을 위해 이런 청을 허용하지는 못할 것이니라."

이렇듯 황제의 성지가 엄하고 준절하기 비할 데 없어 달리 도리가 없었다. 그 뒤에 다시 표문을 올리면 크게 꾸중을 내리시므로 선조께서는 광해군을 세자로 봉하는 일이 그 장래조차 막힐까 염려가 되시더니, 이때 중국의 예부관(禮部官)과 재상(宰相)이 교체됨으로써 다시 중첩하시려고 일단 중도에 접어두시었다. 하지만 유가의 일파가 이르기를,

"적자가 나셨으므로 광해군의 세자 책봉을 아니 하신다."라고 하였다.

선조 대왕께서 병환이 나셨을 때 정인홍, 이이첨을 비롯한 대여섯 사람이 상소를 올렸다.

"영의정 유영경(柳永慶)이 임해군을 위하여 광해군으로 봉세자(封世子)할 것을 주청드리지 아니하니 영의정 유영경의 머리를 베도록 하소서."

이처럼 상소를 하되 대전의 뜻에 거슬리는 주사(奏辭)[5]를 그지없이 광폭하고 차마 입 밖에 낼 수 없는 말로써 상소하니, 대전께서는 이미 여러 해째 병환으로 침식을 제대로 못 하시고 실낱 같으신 기운으로 지치실 대로 지쳐 계시다가 이 상소문을 보신 것이다.

"제 어찌하여 감히 군부(君父)를 협박하는 일을 벌이는고?"

임금께서는 몹시 분개하심을 이기지 못하시어 침식을 전폐하시고,

5. **주사(奏辭)** 주청하는 글.

"인홍 등을 유배하라."

겨우 이 말씀을 전교하시고 드디어 훙서(薨逝)⁶하셨다.

유자신은 곧바로 지체하지 않고 세자와 세자빈을 침전에 들게 하여 임금이 문서에 결재하는 도장인 계자(啓子)와 왕실의 상징물인 새보(璽寶)와 역마를 사용하는 신표인 마패 등, 이렇듯 중대한 물건들을 즉시 내보내도록 하였다. 또한 임금께서 세자와 여러 왕자들에게 하신 유교(遺敎)를 후궁을 통하여 전하도록 하면서,

"대군을 향하여 내리신 유교를 지금 함께 내리소서."하였다.

중전께서는 대전을 보내신 후 인사불성이 되어 말씀하시기를,

"그 유교를 지금 내림은 가당치 않도다."

라고만 하실 뿐이어서, 사람들의 의견을 좇아 세자에게 먼저 알리고 이어 조정으로 내달았다.

이러한 것을 유교로 내렸다고 하면서 큰 허물을 삼으니, 진실로 대군을 세우려 하면 대권을 손안에 쥐고 계실 때 올리셨을 것이지만 새보를 내어 행사치 않으시고 어찌 세자인 광해군전으로 바로 보내셨겠는가. 또 유교에,

"참언(讒言)이나 모함하는 일이 있어도 그것을 마음에 두지 말고 어린 대군을 어여삐 여기어라."

라고 말씀하셨거늘, 어찌하여 유교대로 영창대군으로 하여금 위(位)에 세

---

6. **훙서(薨逝)** 임금이나 귀인(貴人)의 죽음을 높이어 이르는 말.

우게 하실 일이 있겠는가!

정미년 10월 대전께서 편찮으셨을 때에도 중전마마께서는 동궁과 빈을 즉시 불러들여 곁에서 모시고 탕약을 받들어 올리게 하셨다. 동궁이 불민하여 임금의 뜻을 거스르는 일이 있을 때에도 중전 자리에 계시며 중간에서 부자 사이가 좋도록 꾸려 나가셨다.

세자께서도 그런 때에는,

"중전마마의 내리시는 은덕이 크고 두텁도다!"

하며 기뻐하였다.

하지만 점점 주위에 안팎으로 이간질하는 자들이 있어서 이들이 임해군부터 없앨 모책을 세워, 의롭지 않은 일에는 모질고 흉악하니, 마침내 나라에 올리는 소장에 큰 환난을 써내기에 이른 것이니 그런 간악한 사람이 어디 있겠는가!

대개 선조께서 광해군이 어렸을 때부터 마음에 들지 않게 여겨 오신 터였으나, 임진왜란을 당하여 나라가 위태롭게 되자 어쩔 수 없이 갑자기 광해군을 왕세자로 정하신 것이었다.

그런지라 항상 가르치심을 전교하셨지만, 광해군은 일체 순순히 순종하는 일이라곤 없이, 대전께서 타이르시는 족족 원수처럼만 생각하였다. 선조께서 이르시기를,

"자식이 되어서 어버이에게 하는 도리가 어찌 저럴 수가 있단 말인가?"

하시고 마땅치 않게 생각하셨다.

그러던 차에, 선조의 첫 왕비인 의인왕후(懿仁王后)의 재궁이 아직 빈전

(殯殿)에 계실 때인데도 불구하고[7] 광해군이 후궁의 조카를 들여다가 첩으로 삼으려고 한 일이 있자 선조께서는,

"허하지 못한다. 어찌 그런 부덕한 일을 하려고 하느냐?"

하시면서 허락하지 않으셨다.

광해군이 이 일을 깊이 깊이 한으로 여겨 깊은 앙심을 품었다. 병오년에 대화(大禍)를 일으켜 세력을 잡고자 크게 욕심을 내어 부왕인 대전을 기만하고 후궁의 조카를 들여가려 하여 후궁을 위협하니,

"내가 하는 일을 대전께 여쭙거나 조카를 주지 않거나 하면 훗날 삼족(三族)을 멸할 테니 그리 알아라."

이렇게 위협하고 협박을 하고, 한편으로는 나인을 보내어 후궁의 조카를 빼앗아 갔다.

대전께서 그 일을 들으시고 매우 추악한 일로 여기시고 이르시기를,

"옛적 세종대왕께서 즉위하실 때에 왕비이신 소헌황후(昭憲皇后)의 아버지 심온이 역적으로 몰리자 태종대왕께서 왕비를 폐하려고 하시니, 세종께서는 '그렇게 하겠습니다' 라고 하시되, '그러면 왕비 소생의 여덟 대군은 어찌 하오리까?' 하고 물으시니, 그제야 태종께서 왕비를 폐하지 말라고 하신 일이 있었다. 한 명의 어린 계집이 무에 그리 귀하다고 아비를 속이면서까지 데려간다는 것인가. 참으로 흉악한 소행이로다."

하시고 그 뒤부터 더욱 마땅치 않게 여기셨다.

---

[7] 재궁이 아직 빈전(殯殿)에 계실 때인데도 불구하고 국상이 끝나기도 전에.

광해군은 병오년에 영창대군이 태어나면서부터 대군을 해칠 마음을 품어 눈엣가시처럼 여겨 오다가 대군이 점점 성장함에 따라 큰 변을 일으켜서 갑작스레 없애 버릴 계략을 날마다 유가와 모의하였다. 세상사 돌아가는 것을 모르는 저 철부지 어린 대군이 그지없이 불쌍하고 가엾게 여겨질 법도 하건만 늘 큰 일이건 작은 일이건 간에 능히 할 수 있는 일임에도 순순히 하지 않고 뜻에 거슬리니, 광해군이 대군을 박대함이 이와 같이 너무 심하였다.

선조께서 승하하시기 전에 유배 보내라고 한 정인홍 등은 미처 적소(謫所)⁸까지도 가지 않았다. 광해군은 선조께서 훙서하시자 오히려 즉시 그날로 궁궐 전각 아래 정인홍을 불러들여 절차도 밟지 않고 전례 없이 벼슬을 높여 썼다. 또 선조가 승하하신 지 열나흘만에 형님인 임해군을 바깥으로 내쫓을 일을 사헌부(司憲府)와 사간원(司諫院), 양사로 하여금 간언하도록 시켜 놓고서, 임해군한테는 사헌부와 사간원에서 올린 죄를 묻는 문서를 보이면서 말하였다.

"이제라도 대궐을 나가면 죄를 벗을 수가 있지만, 궐내에 그냥 남아 있는다면 죄가 더 무거워질 것이오. 내가 몰라서 이러겠소이까? 내 다 알아서 이르는 노릇이니 빨리 대궐을 나가도록 하시오."

그리고 한편으로는 군사를 대궐 밖에 은밀히 매복시켜 놓았다.

임해군이 이 꾀에 속아 서둘러 대궐을 나가니 매복한 군사들이 단번에

---

⁸. **적소(謫所)** 죄인이 귀양살이 하던 곳.

달려들어 그를 포박하였다. 그리고는 군무를 관장하는 비변사(備邊司)에 그를 가두었다가 강화도 교동으로 귀양을 보내어 위리안치[9]하여 외부와의 접촉을 못하게 가두어 두었다.

본디 명나라에 알리기를 형 임해군이 질병이 있어 동생인 광해군이 왕이 되었다 하였기로 명나라에서 차관 요동도사가 이에 대한 사실을 조사하기 위하여 이때 마침 서울에 당도하였다.

광해주가 임해군에게 이르기를,

"전신불수(全身不隨)인 체하면 처자식을 살려 주겠거니와 만일 내 말대로 하지 않으면 모두 죽일 것이다."하였다.

그리고 임해군의 생모인 공빈의 사촌 오라버니 김예직을 보내서 은근히 달랬다. 임해군이 이 말을 그대로 곧이듣고 광해주가 이른 대로 하였다. 그러나 광해주는 명의 차관인 요동도사가 명나라로 돌아가자 심복인 의원을 보내어 음식에 독약을 써서 임해군을 죽이고야 말았다.

임해군을 죽일 때, 대군도 함께 죽이려고 상소문을 올리도록 하니 조정에서 이를 논의하다 시비가 벌어져,

"대군은 지금 강보에 싸여 있는 어린 몸이고, 또 새로이 정치를 시작하여 베푸는 이 마당에서 형제를 둘씩이나 함께 없애는 것은 불가하옵니다." 하니 대군은 죽이지 않고 그대로 두었다.

광해주가 처음에는 대비께 하루에도 아침·점심·저녁으로 세 번씩 문

---

[9] **위리안치** 외부와 접촉을 못하게 위리한 배소 안네 죄인을 가두는 일.

안을 자주 드리는 척하더니 차차 게을러져서 한 달에 두 번, 초하루와 보름으로 드리게 되고 그것도 무슨 일이 있으면 핑계삼아 거르기가 일쑤였다. 또 문안을 드리러 들어간 때에도 대비께서 예사 말씀이나, 생각하고 계셨던 속말씀이나 혹은 일가친척에 대한 걱정이라도 하실 양이면 자세히 듣지도 않은 채,

"아무려나 좋도록 하십시오."라고 할 뿐이었다.

또 무슨 의논의 말씀이라도 하시려 하면 손을 이리저리 내둘러 대비의 분부를 들을 생각도 않고 그냥 일어나 횡 하니 나가 버리는 것이었다. 그런 후 오랜 시간이 지난 뒤 한참 만에야 문안을 드린답시고 와서 잠시 머물지도 않고 앉자마자 일어나 나가 버리니, 대비와 주상, 두 모자간에 무슨 온화한 말 한마디라도 오갔겠는가?

선조께서 훙서하신 지 삼칠일 만에 대전이 대비께 문안을 드리는데, 보통 친구의 조상(弔喪)에도 처음 만나면 곡부터 시작하는 것이 예삿일이건만, 대비께서는 슬피 곡을 하시는데 들어오다 손을 휘휘 내저으며 시위[10] 하는 자에게,

"우시지 말도록 하라."

하며, 혼자말로 투덜거리며 불평하였다.

대전이 서러운 듯이 곡을 하기는커녕 어버이의 죽음을 조금도 슬퍼하는 기색이 없으니 자식으로서의 정이 도무지 없거니와 상가에 온 일가친척들

이라도 보면 마음이 어찌 무심할 수 있겠는가. 정말 인정이 아닐 것이다.

선조대왕의 시호(諡號)를 정하려 할 때 대비께서 대전게 말씀하시기를,

"임진왜란 후 쇠하였던 나라를 다시 일으키신 공은 헤아릴 것도 없거니와 조종의 은혜가 너무 극진하여 갚을 길이 없되 대왕께서 조선의 창업주이신 태조대왕의 가문에 대한 기록을 바르게 고치신 공은 크고도 크시니 어찌 나라를 일으키신 공보다 부족하겠소. 묘호를 예사로이 정하지 마시고 깊이 헤아려 하시오."

하시니, 대전이 오랫동안 생각하다가 여쭙기를,

"비록 공이 있으시다고는 할 수 있지만 임진왜란으로 인하여 조종이 평안하지 않았으니 어찌 공이 크다고 할 수 있겠습니까. 다시 의논할 일이 아니니 더 이상 말씀 마십시오."하였다.

대비께서 대전게 의논하시며 다시 한번 간절히 타이르셨으나 듣지 않을 뿐더러 대비께 맞대놓고 대꾸하기를,

"종자(宗子)[11]를 가지셨다고 나을 것이 없습니다."

라고 하니 그 불효막심함을 가히 알 만하였다.

예로부터 자전(慈殿)[12]께서 초상(初喪) 때는 으레 선왕의 능에 참배하는 것이 예이므로 대비께서,

"배릉(拜陵)하고 싶으오."하시니,

"능에 참배 가는 것은 아직 불가합니다. 정히 가시려거든 소상(小祥) 때

---

[11] 종자(宗子) 종가의 맏아들.
[12] 자전(慈殿) 임금의 어머니를 높여 일컫는 말. 대비.

나 가십시오."라고 대답하였다.

　겨우 소상 때까지 기다리셨다가 또,

　"가고 싶으오."

하시니, 또 트집을 잡기를,

　"조정 대신들이 하도 막으니 못 가시는 줄 아시고 계시다가, 대상(大祥) 때나 가십시오."하였다.

　또 대상 때가 다다르니 이제는,

　"이왕 다 지났으니 이제 가신다고 한들 대체 무슨 득이 있겠습니까? 옛날 왕후들이 가셨던 것도 딱히 예절이라고 말할 일도 아닙니다. 가신다 한들 폐를 끼칠 따름이지 보살필 일이 없으니, 분명히 당부컨대 절대 못 가십니다."

이렇게 말하는 것이었다. 대비께서 삼 년을 두고 간곡히 빌어도 보시고 달래도 보셨지만 일이 이루어지지 않았으니 이렇게 불쌍하신 일이 또 어디 있으리요.

　"혼전(魂殿)[13]에나 가 뵙고 싶으오."

하고 대비께서 대전에게 청하였으나, 그것조차도 여러 번 막으니 대비께서 할 수 없이 내전께 뵙기에도 딱할 정도로 애절하게 비시니, 내전이 말하기를,

　"본디 주상께서 변통이 없으셔서 그러하시는 것이오니 제가 지극히 간

---

[13]. **혼전(魂殿)** 국상(國喪) 때 인산(因山)을 마친 뒤, 종묘(宗廟)에 위패를 봉안할 때까지 3년 동안 신주와 혼백(魂帛)을 모시는 방.

하여 가시도록 해 드리겠습니다."

라고 하였으므로 내전의 명으로 겨우 허락이 되었다.

　우리 대비전에서는 제전에 쓸 음식을 서둘러 장만하였는데, 내전이 예
사로이 여겨 제사를 치르지 않으려고 하였다가 별안간 생각난 듯이 하는
것이었다. 날짜를 급히 정하여 놓고, 갑자기 다시 나인을 보내어 유자신의
아들 유희분(柳希奮)에게 날을 물리라고 하는지라 이런 큰 일을 제 쪽에
편하게는 할망정 남의 폐는 조금도 생각하지 않고 하였다. 모든 일을 이렇
게 하니 어디에 민망함을 말할 수 있겠는가. 음식을 익혀 만든 후 여러 날
을 미뤘으니 우리 대비전에서는 장만한 음식을 모두 다 버리고 새로 장만
하지 않을 수 없었다.

　대전[14]이 어쩌다 내전에서 진지를 함께 드시는 일이 있어도 정명공주(貞
明公主)는 받들어 올리고 영창대군(永昌大君)은 받들어 올리지 않았다. 대
전이 말하기를,

　"대비전에 문안가면 대군의 소리가 참 듣기 싫더라." 하였다.

　하루는 대군께서,

　"대전 형님이 보고 싶어."

라고 하시기에 대전께서 문안 오셨을 때에 공주와 대군 두 아기씨를 앉혀
놓고 뵈니,

　"공주 이리 나오너라."

하며 만져 보고,

　"정말 영특하고 예쁘구나."

하면서도 대군은 본 체도 않고 말도 건네지 않았다.

대군께서 어려워하시기에 대비께서 말씀하시기를,

"너도 대전께 나아가거라."

하시니, 대군께서 일어나 대전 앞에 나아가 서셨는데 본 체도 하지 않았다. 대군이 나가 우시며,

"대전 형님이 누님은 어여삐 여기시면서 나는 본 체도 않으시니, 나도 누님처럼 여자로 태어날 것을 뭐 때문에 사내로 태어났담."

하시며 하루종일 우시니, 보기에 정말로 불쌍하였다.

대전이 항상 말하기를,

"내가 살아 왕위에 있는 동안에는 대군이 열이라 한들 두렵지 않지만, 세자는 대군에게 있어 조카가 되니, 세조께서 조카이신 단종조를 해치고 왕위에 오르신 전례가 있어 이런 일이 다시 생길까 두렵구나. 내 반드시 대군을 없애 세자를 편히 살도록 하겠노라."

세자가 이런 말을 항상 들어왔기로 대군을 만나기 싫어하여 마치 두려운 무엇이나 보듯이 하였다.

선조께서 승하하신 지 석 달만에 대전이 수라를 자시지 못한다기에, 대비께서 고기 반찬을 권하시니 권하신 지 겨우 두 번째만에 고기 반찬을 잡수시었다. 양즙[15]을 마련하여 가지고 갔더니 다 자시고 물리시면서 은근히 당부하기를,

---

14. **대전** 왕을 일컫는 말.
15. **양즙** 소의 양을 잘게 썰어 끓이거나 볶아 중탕하여 짠 물.

"이 즙이 입맛에 참 당기니 차게 채워 두었다 다음에 또 달라."

하니, 나인이 비웃으며 말하였다.

"본디 단 하루도 소찬[16]을 못 하시던 터에 여름철에 서너 달씩이나 소찬을 하시어, 꾸준히 잘도 드시더니 황송하옵게도 대비께서 권하신다는 핑계로 육찬도 잡수셨습니다. 양즙도 대비전께서 앞에 계시기로 마지못해 하여 됐다 나중에 달라고 하시는 겁니다."

이 말을 듣는 사람 모두가 마음속으로 대전을 우습게 여기며 웃었다.

선조께서 정미년 10월부터 편찮으셔서 세자 광해군이 임시 거처인 여차(盧次)에 와 머물며 약 시중을 들었는데 꾸준히 참고 들어앉아 있지를 못하고 공사를 보던 청애와 함께 자리를 깔고 앉아 있곤 하였다. 광해군은 선조가 승하하신 뒤에,

"겨울에 찬 데 앉아 있었던 일은 죽어도 잊지 못하겠다."고 말했다 한다.

빈소에도 하루에 한 번쯤도 겨우 갈락말락 할 지경이었는데 슬픈 빛이라곤 찾을 수가 없었다. 상복을 입었음에도 불구하고 태연하고 부왕의 상을 당하여 수라상의 음식 가짓수를 줄이는 척도 하고 입을 가리고 웃음을 참는 척도 하지만 미처 참지 못할 때에는 소리내어 하도 심하게 웃으니 보기에 민망하였다.

그때 대비께서 빈소에 와서 곡하며 우시기를 그치지 않으시니,

"이 울음소리가 어디서 나느냐?"

---

[16] **소찬** 고기나 생선이 없이 나물로만 된 반찬, 또는 그러한 찬으로 차려진 밥상.

내관이 답하여 전하기를,

"자전께서 우시는 소립니다."

"뭐 하러 저렇게 우시는지? 상왕께서 이미 춘추 많으셨으니 사실 것 다 사셨는데, 서러워하시는 것이 오히려 우습구나. 사람이 언제까지나 살 줄 알았나? 듣기 싫다." 하였다.

이 말에 좌우에 있던 사람이 하도 어이가 없어 속으로 웃는 사람도 있었다.

대전은 공사 처리를 하도 못하여 단 한 장의 문서조차도 친히 결재를 내리지 못하였다. 여차에 딸린 익랑방(翼廊房)에 내전[17] 유씨를 모셔 두고 밤낮으로 물어가며 공사를 결재하곤 하였다. 간혹 내전이 빈청에라도 들어가 안 계실라치면 공사를 처리하지 못하여 쩔쩔매며 혼자서 종이와 칼을 손에서 떼어놓지 못하고 종이를 썰었다가는 다시 도로 붙이기도 하고, 칼을 모로 세웠다 눕혔다 하던지 아니면 혼자서 무언가를 중얼거리곤 하였다.

이럴 때는 모시는 내관이 어쩌다 무슨 말이라도 한 마디 하면 소리를 마구 질러 꾸짖으므로 내관도 들어가질 못하고 전 밖에서 하늘만 쳐다보며 애를 태우곤 하는 형편이었다. 하루는 명종조 때부터 모시던 늙은 내관이 당돌히 대전께 들어가 아뢰기를,

"무슨 생각을 그리 하시옵니까? 임해군께서 벌써 남의 말을 듣고 입시[18]

---

[17]. **내전** 중전.

[18]. **입시** 대궐에 들어가 임금을 알현하던 일.

하고자 하고 계십니다. 이 공사는 조금도 어려운 것이 아니온데 힘들어하시는 것은 글공부하신 지가 오래 되서서 그러신가 하옵니다. 무릇 슬기란 글을 하는 데서 터득되는 것이 아니옵니까? 더구나 마마, 마마께서는 선왕이신 선조대왕의 아드님으로 들어 계옵신 집과 종이와 필묵, 모두 다 선왕이신 아버님의 것이온데 이 정도의 공사처리를 하지 못하여 어찌 사람을 입실시켜 묵묵히 앉아만 계시옵니까? 도대체 칼과 종이로 무슨 일을 하시렵니까?"

하니, 대전이 그때 부끄러워 아무 말도 못했던 것이었다.

이 말이 곧 퍼져 나가 궐내 사람들이 대전을 비웃자 이 늙은 내관을 몹시 미워하더니 대군란(大君亂) 때에 결국 죽이고야 말았던 것이다.

내관에게 일을 한 번 시키려면 열 번은 다시 고쳐 시켰고, 또 심부름 한 번을 시킬 때도 열 번씩이나 다시 고쳐 시키고 하였으며 아무리 잘한들 상을 주는 법이 없었고 또, 잘못한다 하여 벌을 주는 법도 없었다.

유가가 이것을 늘 답답히 여겨 대전 곁에 날마다 붙어 서서 그때그때 대전께 가르쳐 올렸다. 유가는 대전에게 이제 이러한 아무개가 상소를 올릴 테이니 이렇게 대답하시고, 그 다음으로는 아무개가 계사(啓辭)[19]를 할 것이니 저렇게 대답하시라는, 내용의 글을 한문으로 혹은 한글로 써서 수시로 광주리나 소쿠리에 몰래 넣어 가지고 다녔다. 때로 대전으로 통하는 문이 닫힌 때엔 동쪽 산에 있는 뒷간 근처에 있는 당(堂)에 작은 구멍을 뚫어

---

[19]. **계사(啓辭)** 죄를 논할 때 임금에게 올리던 글.

그리로 들어갈 수 있게 하고는 그리로 드나들었다. 그러다가 구멍이 너무 커서 밖에서 빤히 들여다보이자 구멍의 안쪽을 가려서 안이 들여다보이지 않도록 하고는 안팎에서 연락을 하여 출납(出納)을 하였다.

그런데 이런 일이 잦아지자 대전이 대궐 담 밖에 유가의 하인을 시켜 움막을 짓고 살게 시키고는 밤이 되면 그 하인을 유가에게 보내어 연락하고는 공사를 처리할 내용을 알아오게 하곤 했다.

그리하여 대전 침실에는 노끈으로 꿴 광주리며 보자기에 싼 소쿠리가 시글시글 하였다.

또 유가네로 공사에 대한 답을 알아오도록 밤낮으로 심부름 다니던 시녀 하나는 날이면 날마다 작은 공사라도 있기만 하면 있는 족족 글을 써서 심부름을 보내니 밥 먹을 새도 없어 괴롭고 서러워, 혼자말로 이렇게 말하기도 했다.

"사내가 되어서 이만한 공사 하나를 혼자 처리하지 못하여 밤낮으로 남에게 물으러 보내니, 우리 대전 침실은 소쿠리, 광주리가 어찌나 많은지 방에 꽉 찼겠네!"

대전이 이 혼자말을 듣고 시녀를 쫓아내었는데, 그 시녀가 소문을 퍼뜨리기를 대전의 성품이 잔인하여 전례에 없었던 행동을 하시니 나무막대기로 사람을 치기도 하고, 채찍으로 치지 않으면 석쇠 같은 것으로 사람을 마구 때리니 아프다는 소리가 천지에 진동하여,

"대전마마 살려 줍시오."

하는 소리가 전 밖에까지 들렸다고 하였다.

원래 전례에 따르자면 내수사(內需司)에서 들여오는 물건은 대비전이 필요할 때 요량껏 쓰시는 것인데 한때는,

"꿀을 받거든 얼만큼만 덜어서 대비전에 갖다 드려라."

라고 이르니, 여러 궁방(宮房)의 일을 맡아보는 차지내관(次知內官)인 봉정이 말하되,

"어떻게 값이나 양을 따져 드리겠습니까, 정성을 드리는 것이지요. 필요하실 때 쓰시도록 양껏 갖다 드리겠습니다."

하나, 이를 듣지 않았다. 또 한번은,

"대비전에서 들여오라고 하시는 물건은 나에게 먼저 알린 다음에 허락을 받고 갖다 드리도록 하여라."

하니, 그 뒤부터 먼저 대전께 취품(取稟)[20]하는 버릇이 생겼던 것이다.

대전이 관청의 물건을 다른 곳에 옮겨 쌓도록 하였는데 이 일을 두고 어떤 이는 말하기를,

"대비께서 못 쓰시도록 하시려고 그리 하는 것이다."

하고, 어떤 사람은 말하기를,

"혹시 불시에 변고를 당하더라도 나중에 살 수 있도록 갈무리함이로다."

하기도 하였다.

그곳을 이현궁(梨峴宮)이라 이름 짓고, 온갖 물건을 다 그 궁으로 가져다 쌓게 하였다.

---

[20] **취품(取稟)** 웃어른께 여쭈어서 그 의견을 기다림.

무신년 초에는 대비전에 든 대전이 무척 공경하는 척하며 이르시기를,

"자전께서는 제가 늘 위하고 받들어 모시는 분이시니 하고저 하시는 일은 무엇이건 다 말씀하십시오."

하니, 대비께서 감동하시고 고맙게 여기시며 세자를 향해…… 대답을 하시옵고, 대왕…… 진 이름은 얻으시려고 하시고, 모든 일에……(원문손실)

세자께서 영민하시니 대비께서 더욱 기특히 여기셔서 문안을 드리러 올적마다 사내 아이에게 소용 닿는 물건을 챙겨 주시니, 세자의 보모상궁인 옥환이 두 손을 모아 합장하며 높으신 덕을 축수하여 말하기를,

"대비마마가 아니시면 우리가 어찌 살겠습니까? 올 때마다 이렇게 챙겨 주시니 마마의 높으신 덕은 하해와 같으신데 아버님이신 대전께서는 얇은 종잇장 한 장도 주지 않으시니, 누구를 닮아서 그러신지 아랫것 말을 듣지 않기로는 말하자면 수레를 끄는 소라 한들 그보다 질기겠습니까? 선왕마마의 아드님이지만 누어 놓은 똥이나 닮았을까. 똥을 누실 때에는 아침부터 뒷간에 가 앉으시면 겨울에는 한낮이 될 때까지 앉아서 누시고, 문안드리려고 할 때에는 유난히 자주 드나드시며 똥을 두세 번씩 누시니 이렇게 애 타는 노릇이 어디 있겠습니까? 또 무슨 일이든지 필요하실 때는 한 번 기별하여 놓았으니 어련하시랴 생각하면 안 되고 몇 번이고 일러드려야 합니다. 대체 한 번 들으신 일은 원래 들은 척도 않으시니 꼭 수레를 끄는 소 같으십니다."

하니, 모두들 어떻게 저런 말을 함부로 하느냐고 했더니 오히려,

"질기기로 치자면 소보다는 쇠가 더하지 않을까?" 하는 것이었다.

내, 처음엔 대전의 하시는 말을 곧이 듣고 마음씀이 참 너그러우시다 했더니 점점 하시는 양이 심하여 대비를 박대하시더니 경술년과 신해년 사이에는 더하여져서 대비께 대해 불공함을 이루 말로 다 할 수 없을 지경이었다.

대전이 상궁 개시를 가까이 하면서부터 점차 내전을 멀리 하여 공사를 처리할 때에만 내전을 불러다 시키니, 나중엔 내전도 화가 나서 가지 않을 때도 있었다. 그럴 때엔 친히 와서 데려가 물어보기도 하였는데 대전이 그래도 모르겠다고 할 때는 내전도,

"혼자서 이만한 공사를 처리하시질 못 하신다는 말입니까? 다음부터는 내게 물을 생각 따윈 아예 마십시오."

이렇게 말했다고 한다.

영창대군에 대해서는 여러 모로 의심을 한 끝에 더욱 위엄을 내세웠으며, 또 원기를 돋우려고 고기를 굽되 불기운만 썰락말락 하게 하여 많이 먹고 밥은 죽처럼 질게 짓도록 하여 먹고 날고기를 즐기니 눈이 점점 더 붉어졌다.

산나물은 더럽다 하여 자시지 않고 전유어와 곤 엿을 즐기며 고기만 자셨던 것이다.

행동도 이상하여 남달랐는데 다른 사람이 하라는 일은 절대로 않고, 다른 사람이 하지 말라는 일은 기어코 하고야 말았다.

그 마음씨는 흉하고 잔인하며, 말은 실없이 하며, 위엄은 천하고금에 포악한 임금인 걸주[21]에 버금가고, 행실도 또한 방탕하기 그지없어 운하를

파고 놀이를 즐기니, 대군을 보내어 우리 나라를 침입하였던 수나라 제 2
대 임금인 양제보다 더하였다. 대비께서 후일에 선묘(先廟)²²를 저버릴까
하여 걱정을 하시며 대전의 하시는 양을 두려워하셨다.

　무신년 초에는 나인들에게도 매우 후하게 대접하는 척하며,

　"너희가 상전을 잘 모셔서 모두 평안해 하시니 너희가 없었던들 어찌 편
히 지내실 것이냐?"

하며, 상궁이 침실에 뵈러 갈 때마다 인사를 늘어지게 하고 상도 주더니
신해년부터는 점점 소홀히 하여 본 척도 하지 않고, 뵈러 가면 날이 기울
도록 밖에다 세워 두기가 일쑤이고, 나중에는 들어오라고 해야 당연하련
만 다른 일이 있어 만날 수 없으니 돌아가라고 하는 것이었다.

　늙은 상궁 하나가 대전께 말씀드리기를 선왕마마께서는 머리를 빗으시
다가도 윗전 나인이 가면 머리털을 감아쥐시고 상궁을 침실로 들어오라
하셔서 대전의 문안을 물으시고, 세수를 하시다가도 들어오라 하셔서 문
안을 물어 보셨다고 하니 대전이 꾸짖기를,

　"나는 도저히 그리 못 하겠다. 한 달에 두 번씩이나 친히 가서 문안을 하
는데도 모자라 나인까지 불러 친히 봐야 한단 말이냐? 이런 일쯤이야 내
맘대로 할 것이지 꼭 선왕을 본받아야 하는 게냐? 나는 내 법대로 할 것이
니 다시는 그런 소리 마라."

하니, 듣는 사람이 모두 어이가 없어 하였다 한다.

---

²¹· **걸주** 중국 하나라의 걸과 은나라의 주.
²²· **선묘(先廟)** 먼저 조상의 신주를 모신 곳. 여기서는 선조의 주를 모신 곳.

대전이 첫 배능을 나서게 되니 재상들이 동구[23]부터 통곡을 시작하려다가 겨우 참으며 대전이 우시거든 실컷 울어야지 생각하고 대전이 통곡하기를 이제나저제나 기다리다가 그냥 능 있는 곳까지 올라갔다. 대전이 천천히 걸어 내려오더니 예조에게 묻기를, 그 안에 누가 일러주었는지,

"울어야 하느냐? 말아야 하느냐?"

하고 물어 보니,

"우셔야 옳습니다." 하였다.

그제야, 돌아올 때 울기 시작하니 그 소리를 듣고 유학자가 말하기를,

"소리도 내지 않고 통곡을 하시고는 너무 우셨다고 그릇 생각하시겠지."

하였던 것이다.

이렇듯 태어나기를 효심이라고는 눈곱만큼도 없이 하여 포악함이 극심하니 우리 전하에 대해서야 어찌 지극하게 대할 수 있을까보냐.

내전이 상사(祥事)[24] 때에 문안을 드리러 오지 않아 소상 때야 상복을 벗은 뒤이니 올까 여겼더니 상복을 벗고도 오지 않을 뿐 아니라 대비전에는 얼씬도 않으며 못된 모략만 궁리하고 있었다.

신해년(辛亥年)에 신궐(新闕)인 창덕궁(昌德宮)에 가 계셔서 후원 구경을 가시니 내전께서 이르시기를,

"나는 나이 많고 윗전은 나이 젊으셔서 차마 내, 그 뒤에는 못 설 것 같으니 잠시 멈추거든 잠깐 핑계를 대고 윗전을 먼저 모셔가도록 하여라."

---

23. **동구** 절로 들어가는 산문 어귀.
24. **상사(祥事)** 대상(大祥).

한 것이었다.

몇 번을 지내면서 특히 유의하여 보니 정말 대비전의 뒷시위하는 것을 싫어하여 안 하는 것이었다.

이날 대비께서 후원에 들어오시다가 연(輦)²⁵을 멘 하인이 넘어지는 바람에 연이 기울어 거의 떨어질 뻔하셨는데, 내전이 이 일을 들어 뻔히 알면서도 어디 다치시지나 않으셨는지 물어 보지도 않은 채 당신의 전각으로 가버렸다.

늙은 나인들이 의인왕후께서 살아 생전에 윗전을 어찌 섬겼나 보아오시다가 이 일을 두고 어이없이 여겼는데, 나인들의 말을 듣고 내전이 한탄하고 원망하며 후일에 어디 두고 보자며 별렀다고 한다.

내전은 간혹 용심을 부리려고 하는 일이 있기는 하지만 어찌됐든 그래도 말도 잘 알아듣고 글도 잘하였다. 흉악불통하기는 대전과 그 아랫것이 더하여 터무니없는 거짓말을 하니, 선왕께서 무신년 빈천(賓天)²⁶ 하셨을 때에 돌아가심을 서러워하셔서 대비께서 곡읍을 주야로 그치지 않으시니 대전이 이르기를,

"대체 무슨 저런 어른이 다 있단 말인가? 대군을 세우려다가 뜻을 못 이루셔서 이 일을 핑계 삼아 더 서러워 우시는 겐가 보다."

하니, 내전이 그 말을 곧이 들었던 것이었다.

또 은덕이와 갑이란 나인이 이르기를,

---

²⁵. **연(輦)** 임금이 타던 가마의 일종.

²⁶. **빈천(賓天)** 승하, 훙서.

"임진 이후 선왕마마를 모시고 계실 때 지니고 계셨던 세간을 우리 대전께 내어 주시지 않는 것을 보면 대군에게 물려주시려나 보다. 시기할 게 따로 있지 그런 걸 안 줄게 뭐람."

"어디 얼마나 지니고 살지 봅시다그려."

개시가 늙은 상궁에게 말하기를,

"대군의 보모상궁는 잘 있나? 김 상궁도 잘 있구? 대군 귀밑에 패달날[27] 이 있던데 언제고 약사발을 부을 날이 있을 걸세."

하니, 듣는 사람이 하도 흉악하게 여겨 못들은 체하고 오고 말았다.

내전에서 진지를 드니 내전은 양반이라 배운 바 있어 간혹 잘 하라는 명을 내려도 아랫것들은 몹시 박대하여 마치 길을 가다 만난 낯선 사람 대하듯이 하였다.

신해년에 대궐을 옮기실 때의 일이었다. 세자가 친영(親迎)[28]하는 것을 보시려고 하였는데 하루는 별안간 가까운 친척이라도 이를 금한다면서,

"대전께옵서는 나오시지 마십시오."

하며 중간에 후궁을 놓아 여쭙게 하였다.

대비께서는 좋은 마음으로 하신 일에 미안해 하시며,

"세자의 친영일을 기쁜 마음으로 보려고 하였는데 그리 하라면 할 수 없지."

하고 못 보셨더니, 그 뒤에 없는 말을 지어내기를,

[27] **패달날** 패달날 관이령전. 전쟁에서 군률을 범한 자의 두 귀에 화살을 꿰어 무리에게 보이는 일.
[28] **친영(親迎)** 친히 나가 맞이하는 것.

"정이 없어서 보시지 않으셨다."하였다.

"상복을 벗은 지 오래지 않았으니 진풍정[29]이 무에 그리 바쁘겠습니까? 천천히 하십시오."

하더니, 처음에는 뜻을 세워 시작하여 놓고는 택일을 번번이 제 마음대로 물렸다 당겼다 하였으니, 잔치에 쓸 음식을 다 마련하여 놓은 뒤에도 하기 싫다고 날을 물리어 조종에 알리게 하였다.

외척들과 통하여 대비마마를 모함하는 요사한 말을 지어 퍼뜨렸는데 그 말들이 여염집까지 나돌았다. 나인인 은덕이와 개시 등이 그때부터 말하기를,

"어디 누가 잘 사나 두고 보자, 대군전의 기물이나 수진궁(壽進宮)[30]에 있는 물건이 아니 올 리가 있나 몽땅 우리에게 오고야 말 걸."

이렇게 무서운 말을 번번이 하곤 하는 것이었다.

임자년에 김재직의 난이 일어나자 대비마마를 갖다 대어 화를 입히려 하였으나 대비께서 복이 있으셔 간신히 벗어나셨다. 이때의 난이 있은 뒤부터 시기하는 게 더욱 심해 궐 밖에서라도 이름났다 하는 점쟁이는 모두 불러다 유가의 집에다 앉혀 놓고 자기네 뜻을 이룰 수 있는 수와 우리 쪽에 액운을 일으킬 수를 물었다고 한다. 또 유희량(柳喜亮)이 점쟁이 신경달에게 물으니 그 장님이 말하기를,

"대군의 운세로 보아 할 만합니다."하니,

---

[29]. **진풍정** 대궐 안 잔치의 한 가지.
[30]. **수진궁(壽進宮)** 한성의 중부 수진방에 있던 궁.

"죽이려고 해도 죽지 않으려나?"하고 또 물으니,

"무슨 짓을 해서라도 죽여야죠."

이렇게 대답했다는 것이었다.

임자년 겨울에 유자신의 아내 정씨가 대궐 안에 들어와 딸인 중전 유씨, 사위인 광해주와 함께 머리를 맞대고 사흘 동안을 밤이 이슥토록 의논하였다.

이윽고 이듬해인 계축년 정월 초사흗날 저주를 시작하였다. 털이 하얀 강아지의 배를 갈라 궐 안으로 들여오기도 하고, 사람의 얼굴을 그려서 활 쏘는 시늉을 하기도 하여 이런 부정한 물건들을 바깥 사람들이 다니지 않는 곳이나 대전이 주무시는 곳에 들여놓았으며, 또 담 너머와 대전의 책상 밑이며 베개 밑에까지 놓아두었다.

이렇게 하기를 4월까지 계속하며, 한편으로 소문을 내기를 임해군 때의 일로 유영경의 부인이 하는 저주라 하며 온갖 말을 지어내어 말하기를,

"국무녀인 수난개가 그리 말했다."라고 하였다.

이는 우리가 의심을 하지 않도록 하기 위함이었다.

우리 쪽에서는 저주하는 물건들이 이편 사람들이 다니는 곳에 놓여진 것이 아니므로 설마 우리를 향하여 저지른 일이 아닌가 하는 염려조차 하지 않았다. 또 비록 염려를 했다 한들 어떻게 할 수도 없는 일이거니와, 사실은 말이 우리한테 누설되면 자기네의 일이 그릇될까 하여 그리한 것이었다.

4월에는 유자신, 이이첨, 박승종 등 광해주의 심복들이 꾀를 내어 방정[31]

하는 일에 관한 일로 상소문을 올렸다. 상소문에 한 귀퉁이에 이르기를, 조령에서 은(銀)상인을 죽인 도적 박응서의 무리들이 포도청에서 낱낱이 자백하였는데, 바로 영창대군을 임금으로 옹립하기 위하여 군자금을 만들기 위해서 라는 것이었다.

본디 도적들의 사형 판결문서에 결재를 내려야 할 것이건만 유자신, 박승종, 이이첨 등은 포도대장을 달래고 꾀어서 죄수들을 도로 가둔 후 이러이러 하라고 말을 맞춰 놓았던 것이다. 도적들 중 어떤 자들은 온통 제가 살겠다는 욕심에서 시종 그들이 시킨 대로 상소를 올렸다. 사월 스무엿샛날 상소문이 들어간 즉시, 역모의 고발이 들어왔다는 소문을 먼저 퍼뜨렸다.

임금 광해주 앞에 친국의 자리가 마련되자 도적 응서에게 대답까지 가르쳐 가며 신문을 하였다.

"네가 인목대비의 부친 되는 부원군 김제남의 집에 간 적 있지? 그렇다고 하면 대답하면 살 것이다."

하지만 박응서가 대답하되,

"제가 비록 목숨은 소중하오나, 부원군은 모르겠습니다."

또한 대군의 이름도 거론하라고 다그치니,

"부원군 하나가 무에 귀하다고 만나고도 만나지 않았다고 하겠습니까? 하지만 저는 그 집의 대문도 본 적이 없습니다. 아무리 살려 주겠다고 하

---

31. **방정** 남이 못되기를, 또는 남에게 재앙이 내리도록 귀신에게 비는 짓.

시지만, 모르는 사람을 어찌 모함할 수 있겠습니까? 대군도 우리 부원군 올리란 말이지 부원군도 아는 바 없습니다. 남에 대하여 애매한 말을 어찌 하겠습니까?" 하였다.

그러니 저의 부모를 모두 잡아다가 모진 형벌을 가하는데, 어떤 때는 어미를 앉혀 놓고 그 앞에서 아들을 치는가 하면, 아들을 앉혀 놓고 어미와 동생을 치는 등 온갖 극형을 다 하는 것이었다. 서로 보이는 곳에서 치니, 그들은 참지 못하고 구슬픈 소리로 울부짖었다.

그 어미가 울부짖기를,

"아들아, 거짓으로 죄를 고하더라도 나를 살려다구." 하면,

"아무리 어버이가 중하여 살리려고 한다한들 거짓말을 할 수는 없습니다. 지금 당하는 나도 서러운데 죄를 남에게 미루고 어떻게 뒤끝이 좋을 수가 있겠습니까?"

라고 하고, 자식이 박응서에게 보채니,

"자식이 아무리 중한들 근거 없는 말을 내 어찌 지어내겠습니까?" 하며, 뜻을 굽히지 않았다.

그러나 은도둑 중 하나인 서양갑은 어미가 극형을 당하여 죽은 뒤에 마음을 바꾸었다.

서영갑이 죄상을 기록하는 문사랑청(問事郎廳)[32]과 계단을 자주 오르내리며 이야기를 하더니 그 뒤부터는 남의 말을 하듯 대수롭지 않게,

---

[32] **문사랑청(問事郎廳)** 죄지은 사람을 심문할 때 필기와 낭독을 맡았던 사람.

"부원군을 압니다."라고 말하였다.

"네가 그 집에 가니 어찌 하더냐?"

라고 물으니 대답하기를,

"가니 술을 먹여 대접하더이다. 반역을 꾀하는 게 분명합니다."

서영갑 자신은 죽음을 피할 수 없겠지만 제 아비의 죽음만큼은 피하고 또한 아들을 살리고자 급하여 거짓 죄를 토했으니 그 약속을 하느라고 문사랑청이 영갑과 계단 아래서 이야기를 나눈 것이었다.

이 후로는 아이 어른 할 것 없이 더욱 모진 형벌을 가하여 거짓 자백을 받는 것에만 급급하여 큰 옥사를 일으켰다. 하지만 이런 방법으로는 나인들 죽일 일은 어렵다고 생각하여, 방자³³를 하고자 하였으나 별다른 구실이 없었다. 그런 때에 하루는 박동량이 공을 세워 보려고 거짓말로 의인왕후의 능인 유릉에서 있었던 방정 사건을 들먹였다.

"대군을 위하여 순창이라는 무녀가 선왕의 옥체가 불편하실 때 유릉에서 방정술을 행하였다는 말을 듣고 항상 서러워하였으나, 고할 곳이 없어 언제 원수를 갚겠나 하더니 그 일을 고하더랍니다."

이른바 유릉 방정 사건이란 정미년에 선왕께서 불편하실 때 한 이름 모를 궁인이 유릉 기슭에서 굿을 한 일을 말하는 것이다. 이 때문에 무신년 여름, 선왕께서 승하하신 때에 형조와 한성부에서 국무녀 수난개를 친국하였다가 죄가 없다 하여 도로 놓아주었다.

---

³³. **방자** 방정.

    나라에서 수난개 외에 잡무녀는 부리지 않는 것을 모든 사람이 알고 있는 터에, 유가가 박동량에게 이리이리 하면 살려 주겠노라고 달래어 박동량이 처음부터 끝까지 온통 유가의 뜻대로 일을 꾸미니, 우리 쪽 전에서 순창을 시켜 방정하셨다고 하며 꼭 본 양으로 말하여 모함한 것이었다.

    유자신이 이런 말이 나오기를 처음부터 학수고대하다가 이제 박동량의 모함으로 그제서야 단서를 잡았다 하며, 유릉 방정도 하였으니 우리 쪽에서 방정하는 일이 이러이러하다 하였다.

    5월 18일에 침실상궁 김씨와 대군의 보모상궁, 침실시녀 여옥이와 대군의 보모상궁 환이를 소명한다는 소명장을 써 가지고 와서,

    "박동량의 자백서가 있으니 이들을 빨리 내어 줍소서."

하니, 그 나인들이 하늘을 부르짖고 땅을 치니 궁중이 떠나갈 듯이 진동하여 곡성이 하늘을 찌르고,

    "박동량 도둑놈아! 우리들의 이름을 알기나 알더냐? 나하고 무슨 원수가 졌다고!"

하며 부르짖는 소리가 진동하며,

    "저기 가서 받을 모진 형벌을 어떻게 견디랴. 차라리 목을 매어 죽으리라!"

하고, 김 상궁과 유씨가 목을 매달았는데, 모두 달려들어 끌어내 뜻대로 죽지 못했다.

    "여기서 죽으면 일을 저지르고 겁이 나서 죽었다고 할 것이니 나가 보아라."

이럭저럭 시간이 흐른다고 하지만 그 서러움이 어떻겠는가. 천지가 찢어질 듯하며,

"대비마마! 소인들은 죽으러 가나이다. 소인들이 무슨 변고를 당하면 지하에 가서 뵙겠나이다."

하고 말을 할 때 그 마음속 슬픔이 어떻겠는가.

박동량은 임진 때 선왕의 수레를 따르며 호종[34]한 공이 있었고, 나라와는 사돈 사이가 되어 선조대왕의 국상 때 선왕의 능을 지키는 수릉관도 지냈으니, 선왕께 입은 은혜가 하늘같이 높다고 할 수 있었다. 우리 전에서도 유릉산의 일로 해서 여러 신하들 가운데서도 각별히 신경써서 대하셨다.

그가 평소에는 웃어른을 높이 받들더니 특히 부원군께는 각별히 간절하였다. 그가 그러하더니 이제는 흉악한 꾀를 내어, 그런 원한이 사무치고 아프고 쓰린 환난을 일으킬 길을 허다히 열어 주니 일부러 붙는 불에 섶을 안고 뛰어드는 짝이다. 어찌 피와 살을 가진 인간으로서 할 짓일까 보냐.

그런 까닭으로 끌려간 나인들은,

"박동량아, 니가 우리의 이름을 알기나 하더냐?"

하고 소리쳐 꾸짖으니, 이 한이야 죽는다 한들 잊으랴. 나라와 사돈이 되어 녹을 먹은 것과 선왕께 받은 은혜를 저버리는 걸로 말하자면 아무리 무식한 자라 한들 이보다 더 심할 수 있으리오.

---

[34] **호종** 왕가를 모시고 따르던 일, 사람.

나인들 중에 김 상궁은 열네 살 때 임진왜란을 겪으며 선왕의 수레를 호종하여 한시도 곁을 떠나지 않았고, 조정으로 돌아오실 때까지 정성껏 시위한 일로는 일등공신을 할 수도 있으련만, 나인인 까닭으로 공신의 서열에 오르지 못하였다.

　하지만 내명부의 궐내위장을 지내시고 궁인 중에서도 위대한 분이시더니, 저들이 이때의 일로 김 상궁을 우두머리 삼아 잡아가니, 김 상궁이 죄인들이 끌려나가는 서소문 안에 앉아서 말하기를,

　"아무리 나라가 어지럽다 한들 아비의 첩을 천하디천한 나장의 손으로 잡아내니, 임금도 사납거니와 신하도 하나 같이 사람다운 게 없도다. 이덕형(李德馨), 이항복(李恒福) 두 어른께서는 정승자리에 올라 여기 앉아 계셨는데, 임진왜란 때 호종하던 신하치고 내 이름을 모르는 이는 없을 것이다. 왜적을 피하여 평양으로, 함경도로 깊이 들어갈 때도 나인들을 내보내지 않았으니 큰길에서 오래 머무르시게 되면 선전관을 보내어 우리를 찾아오실 때 비록 창황 중이나 가르쳐 드릴 사람이 없더니, 그 선왕마마의 아들이 임금자리에 오른 오늘날에 이런 욕을 볼 줄 알았더면 무신년 선왕이 승하하실 때 선왕의 관 아래에서 죽기나 했을 것을, 명나라 장수가 평양 보통문을 깨뜨려 왜적을 물리쳤다는 기별을 전해 주니, 우리 다 기뻐 날뛰며, '이제야 모두 살아서 대궐로 돌아갈 날이 있을 것이라' 하며, 즐거워하던 일이 어제처럼 아직도 생생하구나. 그때 난리에서 벗어나 종묘와 사직을 위하여 서둘러 군사를 파견하고 입궐하시니, 인심이 좀처럼 진정되지 않아서 옷고름을 풀고 편히 잠을 주무시지 못하셨다. 그러던 차에

하루는 하인놈이 닭을 잡으러 지붕 위에 올라간 것을, 내간을 엿보는 도적인 줄 여기시고 찾아오시니 후궁은 놀라서 뛰어 나왔고 상감께서는 내관에게서 작은 환도[35]를 얻어 주시며, '급한 일이 있을 때엔 자결하도록 하라' 하시니, 제각기 작은 환도를 손에 쥐고 가슴을 두근거리며 기다리던 일도 있었다. 그 시절이 다 지나고 우리 선왕마마의 아들이 임금자리에 서서 오늘날 이렇게 욕을 볼 줄을 어찌 알았겠는가. 하물며 의녀를 시켜 잡아내는 것도 아니고 나장의 손으로 잡아내게 하니 이 굴욕은 내 몸에 가당치도 않다. 대왕께서 가까이 하시는 여자들이나 나라의 녹을 자시는 신하들은 다들 명심하시오. 지금 이러는 것이 옳단 말이오? 이런 도리로 임금을 속이면 모두 망하는 징조일 것이오."

이처럼 긴 해가 저물도록 대면을 하니, 사정에 대한 상소를 받으려다가 못하고, 이런 말을 듣고 의녀로 대신 정하였다.

하나 옥중에서도 이처럼 바른 말을 할 수 있을까? 즉시 끌어내어 사약을 내리고, 그 밖에도 선왕을 가까이서 모시던 사람들에게도 다 약사발을 내리고, 또 남은 이들은 상궁에 이르기까지 모조리 중형을 내렸다. 또한 박동량의 자백서에 이름이 올랐다 하여 6월 13일에 열세 사람을 임금의 명령으로 불러들이는 소명장을 써서 냈다.

금부도사와 나장과 당번내관 이덕상이 와서, 시녀 계난이, 나인의 세숫물 시중을 하는 수사 학천, 옷단장을 도와주는 수모 언금이, 덕복이, 춘개,

---

표금이, 보모상궁 아우 복이, 종 도섭이, 고운이, 김 상궁의 종 보로미(甫老未), 보삭이, 대군의 보모상궁 예환이, 수모 향개 등을,

"어서 내놓아라."

하고, 독촉하니 우는 소리가 천지를 진동하였고, 새로이 망극하여 궁중이 울음바다가 되었다.

사람들이 통곡을 하며 말하기를,

"우리가 박동량을 알기나 한답니까? 어찌 우리를 이다지도 서럽게 한단 말입니까? 죽어서 원혼이 되어도 박동량을 잊지는 못할 것이오. 대비마마께선 남에게 억울한 일을 당하시고 계시니, 저희들이야 서럽게 죽더라도 무슨 한이 있을까마는 마마께서는 부디 옥체 보중하셔서 이 원수는 부디 잊지 마옵소서. 소인들 이제 죽으러 가나이다."

그중에 향개는 병이 들어서 궐 밖으로 나가고 없는 것을 두고, 속이고 내주지 않는다면서 의녀 대여섯이 와서 공주와 대군이 들어 계신 침실까지 샅샅이 뒤졌다. 그래도 나오지 않으니 또 들어와,

"어서 내놓으라."

독촉하여 보채니, 사람이 급히 달려가 기별하기를,

"전날에 병이 들어 나가고 없느니라."

하여도 자꾸 와서,

"어서 내 놓아라. 내놓지 않으면 감찰상궁을 하옥하겠다."

하는 것이었다. 의녀가 예닐곱씩이나 흩어져 찾아도 궁중에 없고, 공주와 대군이 몹시 무서워하자, 대비께서는 소복을 하시고 엎드리셔서,

"어찌하여 없는 나인을 내놓으라 핍박하며 보채는 것이냐? 와 있는 내관한테 내가 친히 이르겠다."

하시며 말씀하시니 내관이,

"나가고 없다 말씀드려라."

하고 사뢰니, 대전이,

"거짓말이니 어서 가서 데려오너라."

하고 말씀하시니, 내관이,

"마음대로 못 하겠습니다." 하였다고 한다.

의녀가 말하되,

"대비마마의 침전이라도 뒤지라는 명령이시니 모두 뒤져서 찾으리다."

이렇게 하니 나인이 주먹으로 때려 물리치고,

"네 아무리 명을 받았다지만 어느 안전이라고 감히 이렇듯 방자하게 구는고?"

하고 꾸짖으니,

"우리도 살려고 이러는 것일세."

하고 모두들 들어가니, 두 아기씨는 대비마마를 의지하여 한켠에 하나씩 포대기 밑에 엎드려서 숨도 제대로 못 쉬며 무서워 우시니, 뵙기에 참담한 그 모습에 가슴이 미어지는 것 같아 차마 바로 보지 못했던 것이었다.

이튿날 감찰상궁 둘을 잡아갔고 6월 28일에는 대군의 유모가 넷이라고 소명장을 써와서 말하기를,

"이 숫자대로 다 내놓아라."

"대군 아기씨께서 다 자라셔서 유모들은 모두 나가고 없소이다."

하고 대답하니,

"공연히 숨기지 말고, 어서 내놓아라."

하고 보채더니, 궐 밖으로 가서 기어이 잡아갔고, 7월에는 수사 명환이, 수모 신옥이, 표금이 등 여남은 정도 되는 하인들을 잡아 내간 것이었다. 서른 남짓한 궁인들이 한 마디도 거짓 자백을 하지 않고 죽으니, 저들은 유릉 방정사건을 일으킨 것이 헛일이 될까 하여, 나인의 종으로 있는 나이가 열다섯쯤 된 아이를 끌어다가 맛있는 음식을 먹이고는,

"살려 줄 터이니 이리이리 말을 하여라." 하고 달래었다.

아이가 남들의 죽는 양을 보고 무슨 재주로 살길을 바라며, 또 무슨 충성된 마음이 있다고 죽을 길을 가려 하겠는가. 시킨 대로 대답을 하니, 저들이 그제서야 방정한 일을 자백받았다고 하였다.

또한 평소부터 유자신(柳自新)의 집에서 사귀어 오던 장님 여인 고성이를 후하게 대접하여 들여다가 온갖 말을 일러두고, 제 종도 데려다가 온갖 말을 하여 두고는,

"이 사람은 대군 곁에 있는 나인이고, 나는 대군의 보모상궁이라네. 상감마마와 동궁마마의 팔자와 운수는 어떠하며 갑진생이 병오생을 위하여 을해생과 무술생을 해하려고 하니 이룰 것 같으냐, 이루지 못할 것 같으냐?"

방정을 하더니,

"득(得)할 것이냐, 득하지 못할 것이냐?"

오만 가지 방법으로 방정하는 짐승을 말해 주면서,

"이리이리 하노라."

하고, 아무 날로 정하더니,

"길흉이 어떠한가?" 하며,

"이 사람은 대군을 곁에 모시는 나인이고, 나는 대군의 유모다."

하며 이것을 잊지 않도록 몇 번씩이나 귀에 들려주었다가 잡아들여 달래
가며 물어 보니, 마침 전에게 들은 일이 있던 바라 대답하되, 고성이 자백
하였다고 하며 고성이더러,

"부원군 김제남의 하인 오윤남이 네게 가 점괘를 물은 일이 있느냐?"

하고 묻자, 고성이 대답하기를,

"오윤남이란 이름은 들어보지 못했고 임 별좌라는 사람이 왔었나이다."

말하고 또,

"대군의 팔자가 어떠냐고 묻더니 점을 쳤나이다."

하고 덧붙였다. 또 묻기를,

"네가 잘못 알았다. 오 별좌가 아니냐? 윤남이를 별좌라고 하니 오 별좌
라고 했을 것이다."

"아닙니다요, 오가가 아니라 임 별좌라고 하였습니다."

저들이 다시금 우기며,

"임 별좌는 없느니라. 네가 몰라서 그렇지 오 별좌에 틀림없느니라."

이렇듯 우겨서 죄를 씌우니 오윤남이 거짓 자백을 하지 않고 심문하는
국청에서 죽었다. 하지만 그들이 그의 열두 살 된 아들을 힘으로 위협하

여, 모른다고 잘라 말하는 것을,

"점괘를 물었다고 말만 하면 살려 주마."

하고 살살 달래며 물으니,

"정말은 점괘를 물은 적이 있습니다." 하고 말하였다.

이 말을 가지고 오윤남의 아들이 자백하였다고 말을 내니 사실대로 죄를 지어 자백을 하였다면 죽일 것이거늘 죽이지 않은 까닭은 살려 주겠다고 언약을 했기 때문이다.

박응서와 서영갑의 살인도적 사건이 생겼을 때 꾀를 내어 일부러 쌀을 자루에 넣어 메고 문벌 높은 사람들의 집을 찾아다니며,

"대비전에서 대전과 동궁을 죽이려고 방정한 지가 석 달째니 하도 민망하여 영험한 무당을 얻어 이 일을 묻고자 함이니 혹시 무당이 있는가?"

하며 돌아다녔다.

그렇게 한 것은, 일이 저렇게 되어 하도 민망하여 물어 보려고 하는 것이라고 알아 이 옥사를 옳다고 여기게 하려는 것이었다.

털이 흰 강아지의 배를 갈라서 궁에 들이는 일은 유자신의 아내가 했는데, 둥글 납작한 작은 고리짝에 담아 들여갔다.

대비께서는 이 살인도적의 일로 부원군이 죄를 입어 잡히셨다는 이야기를 들으시고, 뜰의 박석에 머리를 찧으시며,

"대군으로 말미암아 부모 동생에게 이런 화가 미치니 어찌 차마 가만히 듣고만 있겠습니까? 내 머리털을 베어서 표를 올릴 테이니 대군을 데려다가 아무렇게나 하시고 아버님과 동생일랑 놓아주소서." 하시며,

"자식으로 인하여 어버이에게 해가 미치는 일은 차마 살아서 못 보겠나이다."하였다.

하나 광해주가 대답을 내리니,

"어찌 그런 말씀을 하시는지요. 임해군을 정성껏 대접하였지만 제 스스로 병이 나서 죽었거늘 살형(殺兄)이라 하였고, 선왕의 약밥에 독을 써서 승하하게 하였다고 시부(弑父)라고 하며 선조의 궁인을 알지도 못하는 처지임에도 불구하고 윗항렬의 여인과 간통하였다고 음증(淫症)이라 하여 대비전에서 소문을 내었으니 이 원한은 불공대천(不共戴天)³⁶이로소이다. 이런 글월은 보내지 마십시오. 어린 대군이야 뭘 알겠습니까? 대군과는 상관없는 일이오이다."하였다.

대비께서 유자신 아내에게 글월로 비오시니 회답하기를,

"서양갑의 아비며 박응서의 아비가 다 서인(西人)으로 연흥부원군과도 한편이니 어찌 모르는 일이라고 하시옵니까? 억울할 것 없는 일이오니 다시 말 붙이지 마옵소서."하였다.

두 곳에서 다 이러하니 시부, 음증이라는 말을 우리들은 듣지 못하였다가 이 말을 듣고 문득 깨닫게 되었다. 옛날 선왕께서 약밥인지 고물인지를 잡수시고 구역질을 하시고 위급해지셨던 터이다. 선왕을 곁에서 모시던 사람이 모두 광해군의 심복이니 독을 썼다한들 하나도 이상할 게 없는 일이다.

---

³⁶. **불공대천(不共戴天)** 도저히 그냥 둘 수 없을 만큼 원한이 사무침.

한편으로 역적 정인홍의 상소로 병환이 위급하게 되셨으니 구태여 칼로 자르거나 매로 쳐서만 죽였다 할 것이 아니니 가히 그만하면 시부라고 할 수 있을 것이다.

음증 또한 선왕을 가까이 모시던 개시의 집안 사람이 말하길 매양 은근히 대하더라 하니, 그렇게 행동을 하고 보면 음증을 범한다 하여도 이상할 것이 하나 없다. 살형이란 말도 형님 되시는 임해군을 하늘도 우러러보지 못하게 가시로 만든 성 속에 가둬 두고 된장덩이와 보리밥을 드리다가, 명나라에서 사람이 온다고 하자 그제야 제 심복 의원을 보내어 술과 반찬을 갖다 드렸다. 심복 의원이 독주를 마시게 하고 온돌에 불을 때어 뜨겁게 달구어 그 안에 들어가게 하고 쇠를 잠그고 나오니 임해군이 고통스러워 스스로 가슴을 쥐어뜯어 피 흐른 자취가 분명했다고 한다.

그때 차비하인들에게까지도 기어 들어가 구경하는 것을 금하지 아니하였으니, 이 사실을 누가 모르겠는가. 그랬던 것을 대비전에서 이 모든 소문이 났다고 하는 것이다. 비록 대비전에서 소문을 냈다 한들, 그릇된 일을 저질러 놓고 소문을 낸 사람과 불공대천지 원수가 될 것인가.

저들이 오윤남의 아들이 자백하였다는 소문을 내고 오월 초닷새 임금이 평상시 거처하는 편전의 앞문인 차비문에 수많은 군사를 배치하고 에워쌌다. 밤낮을 가리지 않고 목탁 두드리는 소리가 천지에 진동하니, 가뜩이나 땅 위에 오른 물고기인 양 맥을 가누지 못하시고, 주야로 서러워하시던 차에 목탁 소리가 요란하게 들이닥치니, 마음이 혼미하고 몸이 노곤하여 졸도하실 뻔 놀란 일도 그 몇 번이었는지 모른다.

이와 같이 누구든 다 아는 일을 공연히 생트집을 잡아 일을 만드느라고 나이 어린 응벽이에게 모진 형벌을 가한 후 달래 물으니,

"제가 그런 방정을 하여 선조의 능인 목릉의 흙을 파고 부적을 묻었소이다. 궁중의 도제조와 함께 다니되 밤이면 수문장에게 이르고 다녔습니다."
하고 아뢰었다.

그런 중 한 죄수의 말만 믿고 조금도 의심치 아니하고 제사도 지내지 않은 채 상돌(床石) 밑을 석 자나 파보았으나 아무것도 나타나지 않으매 두어 곳만 파보고 또 유릉에도 올라가 파보았다.

아무것도 모르는 하인배라 해도 제 아비의 무덤을 파헤칠 양이면 사당에 묘를 팔 것을 미리 고하고 상심하는 법인데, 모든 예절을 외면하여 하늘에 계신 영령들을 놀라게 한 것이다.

또한 그 중형에 처하여 핏덩이가 된 사람들을 끌어 담아 나장이며 군사들을 시켜 궁중에 들여와서 침전의 행랑채에다가 놓게 하니, 나인들이 늙은이, 젊은이 할 것 없이 어찌나 두려워하는지 마루 아래로 숨어들며 저희들을 잡으러 왔는가 싶어 여기 저기 숨느라고 헤매는 모양을 어찌 다 기록할 수 있겠는가.

내전에서는 계속해서 날마다 글월을 보내어 재촉하며 보채기를,

"너희 나인들이 다 알 것이로되, 내어나간 사람들은 다 죽었으니, 변 상궁, 문 상궁이 분명히 알 만한 일인즉, 두 갑자생 상궁[37] 중 하나를 어서 속

37. **두 갑자생 상궁** 변 상궁과 문 상궁을 이름.

히 내보내 달라."

이와 같이 보채었지만 한 일을 번듯하게 했다고 해도 그 끝을 감당하기가 어려운 처지이고 보니 갑자생 하나를 달라 한들 누구를 믿고 의지하여 내보낼 것인가.

우리 전(殿)께서 대답하시기를,

"사람이 사람으로서 살아가면서 어진 일을 하여도 복을 얻지 못할까 두려워하는 법인데, 하물며 사특한 일을 하여 어찌 복이 오기를 바랄 수 있겠습니까? 이 또한 하늘이 헤아려 하시는 일이매 설움이 태산 같으나 죽지 못함을 괴이하게 여기나이다. 밤낮으로 눈앞을 떠나지 아니하던 아랫것을 잡아 내어가고 행여 남았던 아랫것들 마저 내놓으라 하시며, 갑자생 중의 하나를 내놓으면 문초한 뒤에 죽일 것이라 하니, 나는 지은 죄가 없는 터에 어찌 내가 살기 위해 무슨 죄를 지었다고 남의 목숨을 내놓으리까. 여편네들이 앉아서 대전 얼굴에 똥칠을 하는 일을 삼가소서."

하시니, 그 뒤로 다시는 갑자생의 나인을 내놓으란 말을 하지 않았다.

또 박자흥이 이이첨의 사위가 된 지 얼마 안되어서 진상품을 바친 일이 있어서 우리 전에서 답례물로 베개를 주신 일이 있었다. 이때에 박자흥이 한다는 말이 우리 전에서 베개 속에다 방정을 하여서 그 베개를 베면 그때마다 속에서 병아리 소리가 나서 풀어 보니 잡뼈와 관조각 따위가 들어 있었다고 하였다.

그는 어찌 이런 일을 할 수가 있겠는가 하며, 광해주에게 아뢰고는 필경 갑자생이나, 아니면 침실 보살피는 갑자생의 나인 중에서 한 짓이라고 모함하였다.

사람이 미처 생각지도 못한 이런 꾀를 내어 남아 있는 나인들 마저 죽이려 하니 하늘과 땅 사이에 이런 사흉한 사람이 또 어디 있겠는가.

광해주는 어린 대군이 궐내에 계신 일을 못마땅히 여겼으나 후세 사람들에게 조롱을 들을 게 두려워 자못 어진 체하며 말하기를,

"조정에서 대군을 속히 내놓으라고 날마다 보챘지만 어린아이가 무엇을 알랴 하여 듣지 않았소이다. 하지만 서양갑, 박응서 따위의 도적들을 사귀어 역모를 꾀하는가 하면 한편으론 방정을 하여 큰 난리가 났으니 이제 와서 뉘 탓이라 하겠는가?" 하는 것이었다.

그리고 얼마 지나지 않아 내관을 시켜 말을 전하기를,

"신하들이 자꾸 대군을 내놓으라 보채도 듣지 않으려고 뜻을 굳게 하였습니다. 이제는 조정의 노여움을 좀 풀어 주도록 잔치에 참석하게 하려 하니, 잠깐 궐문 밖으로 내보내 조정의 노여움을 풀게 하여 주소서."

그 말이 하도 흉칙스러워, 대비께서는 차마 그 말을 따르지 못하시고 가까이 모시는 이들도 또한 새로운 근심에 마음이 산란하여 가슴이 미어지고 애가 타는 것을 금할 길이 없었다. 하나 그 말에 대답을 하지 않을 수 없으셔서 말씀하시기를,

"하늘과 땅 사이에 두 번 없을 큰 변괴를 만나 아버님과 맏동생을 죽게 만들었습니다. 내 자식의 일로 인해 어버이께 큰 불효가 되었으니, 이 또한 세상에 용납되지 못할 줄 알았지만, 대군이 조금만 더 장성하였던들 자식을 내주고 어버이를 살려 달라는 것이 옳을 것이로되, 당초에 내 슬하를

떠나지 못하여 동서도 분간치 못하는 칠팔 세의 철부지 어린애니 대군을 데려다 종으로 삼아 제 명이나 다 하게 하시고 아버님과 동생을 살려 주십사 하며 내 머리털을 친히 베어 글월을 써서 보냈건만 받지 않으시고는 어찌 지금에야 이런 말을 하시나이까? 어린아이가 무엇을 알겠습니까, 어른의 죄가 아이한테 당키나 하리까?"

하시니 대답이,

"선왕께서 대군을 어여삐 여기라 하신 유교도 계시니, 대군의 안녕은 아무 염려 마옵소서. 머리털은 이곳에 두지 못할 것이라 도로 드립니다."라고 하였었다.

"아버님께서 돌아가시게 된 일을 생각하면 간장이 미어지는 듯하나 나랏법이 중하여 내 마음대로 살려드리질 못하였습니다. 하나 이 아이는 선왕의 유자(遺子)니 조금이라도 생각을 하여 주실까 했습니다. 한데 지금 새삼스레 그런 말을 하시니 말의 앞뒤가 다른 것을 생각하니 서러울 따름입니다. 어린아이를 어디에 두겠습니까? 내가 품에 안고 함께 죽을지언정 내보낸다는 건 차마 못할 노릇입니다."

이렇게 말씀하시니, 또 글월을 써서 보내되,

"아무려면 아이 보고 역모를 냈느냐고 족치겠습니까? 궐문 밖으로 피접을 나는 일은 예로부터 있는 일이니, 이번 일도 그 정도로 여기고 좀 내보내 주십시오. 조종에서 하도 보채어 그들의 마음을 다소 풀어 주려 하는 노릇이니, 대군에게 해로운 일이 있을까 조금도 근심하지 마십시오."
라고 하였다.

이에 대답하시기를,

"나를 보아서가 아니라, 대전께서도 선왕의 자식이고, 대군 또한 그러하니 정을 생각하여서라도 차마 해할 리야 있겠습니까마는 다만 대군이 아직 열 살도 되지 않았고, 한 번도 궐 밖으로 피접을 나간 일이 없습니다. 이 어린것을 어디에 두겠습니까? 조정에야 대전께서 압력을 가하실 탓이니 선왕을 생각하셔서 인정을 베풀어 주소서."

이렇게 답하시니 또 대답하되,

"궐 밖에 내어 주십사 해놓고 행여 먼 곳으로 떠나 보내겠습니까? 서소문 밖 궐내 가까운 곳에 벌써 거처할 집을 마련해 두었습니다. 궐내에 두면 대신들이 번번이 없애 버리라고 날이면 날마다 서너 달 동안을 보채어 보채지 않는 날이 오히려 드무오이다. 내, 비록 듣지 않으려고는 하나 조정에서 하도 시끄럽게 구니 궐 밖에 내보내 그들의 마음을 풀어 주는 게 대군에게도 오히려 좋은 일일 것입니다. 어련히 알아서 잘 보살피겠습니까? 이는 거짓이 아니니, 제 말을 철석같이 믿으시고 부디 내보내 주십시오. 다 좋도록 하겠습니다."

하거늘, 대답하기를,

"자꾸 그렇게 말씀하시니 서러운 중에도 더욱 망극합니다. 선왕을 생각하시고, 옛날에 국모라 부르시던 일을 생각하시면 감격하겠거니와, 대전께서도 다시 한번 고쳐 생각해 보소서. 사람이 자식을 여럿 두어도 모두 하나같이 귀히 여겨지기 마련인데, 공주와 대군 두 아이를 두고 선왕께서 돌아가셨으니, 내가 그때 바로 따라 죽었을 것이로되 지금껏 살아남은 것은 어미의 정으로 차마 어린것들을 버리고 죽을 수 없어 지금까지 명을 유지한 것이오이다. 오늘날 이런 일을 당함은 대왕을 위하여 죽지 않고 살아남은 죗값을 치르는 것이라는 생각이 드오. 함께 죽을망정 차마 어린것을 혼자 내보내고 나만 살 수 있겠소이까? 내가 쫓아가게 해주신다면 대군과 함께 나가겠습니다."

하시니, 또 말하되,

"그 말씀은 당치 않으십니다. 대군이 궐내에 있으면 조정에서 노하여 죽여 버리라고 할 것이니 저는 대비전을 보나 대군을 보나 오히려 서로 좋도록 하고자 하는 것입니다. 대비께서 끝내 제 말을 들어 주지 않으시면 나도 내 마음대로 할 수 없으니 조정에서 하자는 대로 하겠습니다. 이제라도 대군을 내보내 주시면 대군이 살 것이지만 이렇게 거역하고 내보내 주지 않으시면 살지 못할 것입니다."

이렇듯 심히 핍박을 하는 것이었다.

이에 가까이 모시는 사람들이 여쭙기를,

"처음부터 흉칙한 마음을 먹고 온갖 말을 받아서 여러 번 말을 을러대니 도저히 당하실 수 없을 터입니다. 좋을 대로 대답하십시오."

이렇게 여쭈니,

"내 차마 어린아이를 내보낼 수 있을까, 당초에 이런 일이 있을까 하여 내 먼저 죽으려 했던 것을. 늙은 나인들이 너무 서러워하며 내가 죽으면 저희들을 하나도 살려 두지 않을 것이라 하며, 오랫동안 나를 위해 살아 온 나인들을 불쌍히 여기라 애원하기에 서러움을 참고 살았던 것이다. 아버님과 동생마저 죽었다는 말을 듣고도 살아 왔는데 이제 대군을 내어 주면 누구를 믿고 살아 갈 것이냐! 빌어도 들어 줄 길이 없고 내보내자 하니 차마 못할 노릇이라. 천지간에 이런 설움이 있을까? 나로서는 결단을 내릴 말을 차마 못하겠노라."

하시는 사이에, 대전이 편지 전하는 나인을 시켜 글을 써서 보내되,

"너희들이 대비를 위하여 온갖 모책을 다 하다가 일이 탄로났거늘 이제 와서 누구 탓을 하며 대군을 내주지 않느냐?"

하였기에, 이 글을 본 나인들이 풀이 죽어 위게 여쭙기를,

"온갖 흉칙한 마음을 품고 있다가 이제 큰 난리를 만들어내어 내외가문이며 나인들을 몽땅 내어 죽이고, 이제 또 대군을 내놓으라 하니 망극함이 그지없기를 어찌 다 말로 뉘게 이르오리까? 하늘도 무슨 허물을 보셨다고 이런 억울한 일을 당하게 하시고 도와주시지 않는지, 날이 갈수록 점점 망극한 말이 자꾸 오니 당해낼 도리가 없을 듯합니다. '궐문 밖에만 내보내 주십시오' 라고 할 때 못 이기시는 척 내보내 주십시오. 범을 만나도 정신만 차리면 산다지만 이 범은 피하기 어렵사오니 속히 허락하셔서 사람의 목숨을 잇게 하십시오." 하였다.

대비께서 더욱 애통함을 이기시지 못하시니, 그 애달픈 양을 비길 데가 있을 것인가. 또 내관을 통하여 대전이 말을 전하기를,

"어서 내놓아라, 지체하면 그만큼 죄가 더 커질 것이다."

하니, 이제는 더 버텨도 소용이 없을 줄 아시고 대답하시되,

"이 설움을 어디에 견주어 말할 수 있으리까마는 대군을 잘 지내게 해주

신다고 벌써 여러 날 전하신 터요, 내전께서도 속이지 않겠노라고 극진히 적으셨으니, 또 대군을 선왕의 유자로 너그럽게 생각하시어 하늘이 내리신 수명(壽命)을 보전하여 고이 살게 해주마고 거듭거듭 말씀하신 터이니 이 말을 징표로 삼아 내보내겠습니다. 내, 이제 아버님과 동생을 죽게 하였으니 그 서러움을 무엇으로 측량하여 다 말할 수 있으리까! 마침 둘째 동생과 어린 동생이 살아 남았다 하니 바라옵건대 이 두 동생만이라도 살려 주시면 대군을 내보내겠습니다. 아버님이 서럽게 돌아가신 가운데서나마 제사지낼 후손이나 끊기지 않게 해주소서."

하고 전하시니, 그제서야 기꺼이 대답하기를,

"두 동생들은 곱게 살게 해드리겠습니다. 대군을 빨리 내보내 주십시오. 부리던 종이며 그릇, 물건 등은 대궐에서 쓰던 것을 그대로 갖추어 보내시고, 조금이라도 언감생심(焉敢生心)으로라도 다른 길로 빼돌리지 마시고 저 살던 것을 덜어 보내는 일이 없도록 하십시오. 피접 나가는 것이니 오히려 편하고 좋을 것입니다. 또 안부 전하는 사람도 날마다 드나들도록 하겠습니다. 먹을 것도 보내시고, 하고자 하시는 일도 다 하도록 들어드리겠습니다."라고 하였다.

이런 일이 있은 지 이튿날 젊고 기운 좋은 내관 여남은 명이 대비전 안으로 몰려와 사잇문을 여니 기운 좋은 나인 둘, 감찰상궁 애옥이, 꽃향이, 은덕이, 갑이, 편지 전하는 일을 하는 색장나인 셋, 무수리 둘, 그리고 젊은 나인 예닐곱이 넘어왔다.

우리 쪽 나인들은 하도 두려워 구석구석에 몸을 오그리고 숨어 있었는

데 그년들이 와 침실에 올라앉으며 하는 말이,

"무엇이 부족하고, 무엇이 마땅찮아 이런 일을 저지르시는 겐가? 대군 곁에 천이 없는가 명례궁[38]에 천이 없던가? 대비라는 칭호도 바치시고 대군도 살리려 하시는데 고마워 못할 망정 어찌하여 이런 역모를 하셨을꼬? 아이가 무엇을 알까마는 이미 일을 저질렀으니 누구 탓을 할까? 어서 대군을 내보내소서."라고 한다.

하는 말이 하도 흉악망측스러워 사람이 차마 들을 수가 없었다. 하도 말 같지 않아 대꾸할 말조차 나오지 않으니 그것들이 또 꾸짖고 이르기를,

"다 바른 말을 하였으니 입이 있다 한들 무슨 할 말이 있어 대답을 할까? 여러 말씀 않고 계시는 것을 보니 우리의 말이 정말 옳구나. 너희 대비전 나인들이 대군을 빨리 나가시게 해야지, 행여 지체하여 더디게 나가시게 한다면 너희 나인들도 모조리 함께 죽을 것이니 그리 알라."라고 하는 것이었다.

대비께서 거의 인사불성으로 죽은 듯하시다가 겨우 정신을 차리시고 대군을 데리러 온 시중 나인 중 우두머리 너덧에게 들어오라 하셨다. 대비께서 그들에게 이르시기를,

"너희들도 사람의 탈을 썼으니 설마 내가 억울하게 당하여 서러워하는 것을 모를 리야 있겠느냐? 내가 무신년에 선왕을 따라 죽지 않고 이렇듯 산 것은 대전이 선왕의 아드님이시니 두 아이를 대전께 의탁하여 편안히

---

38. **명례궁** 지금의 덕수궁.

살릴까 한 까닭이었다. 하지만 여러 해를 두고 하루도 맘 편한 날이 없이 백 가지로 근심하며 살아 오다 흉적을 만나 천지간에 용납될 수 없는 대역 이란 죄명을 뒤집어쓰게 되었으니, 하늘이 알지 못하셔서 이토록 억울한 내 처지를 변명조차 아니하여 주시니 내가 무슨 말을 할 수 있겠느냐. 이 제 밖으로는 아버님과 동생을 죽이셨고, 안으로는 가까이 있던 나인들을 모두 죽였으면 됐지, 이 어린것의 몸에는 죄를 줄 일이 아닌데도 또 대군 을 내놓으라 하는구나. 차라리 내, 저희 앞에 바로 죽어서 이런 망극하고 서러운 말을 듣고 싶지 않되, 대전의 약속과 내전의 약속이 아직도 내 귀 에 분명히 남아 있고 나인들이 증인이 되었으니 임금이 설마 국모를 속이 겠는가. 범인(凡人)에 비할 바가 아니라고 여러 번 정성스런 말로 일러 왔 으니 그 말들을 철석같이 믿고 내보내겠거니와, 두 어린 동생만은 놓아 주 셔서 어머님을 모시게 하고 조상께 제사나 받들게 하여 주신다면 대군을 내보내려 하노라. 이 말을 그대로 대전과 내전에 전하도록 하여라."
하시며 애통해 하셨다.

이 말을 사람이라면 어찌 눈물 없이 들을 수 있을까마는 그년들은 모진 말을 거리낌없이 하되,

"그런 말씀하시지 않아도 대전께서 어련히 알아서 잘 하시겠습니까? 대 군을 속히 내보내 주십시오."

이렇게 말하는 것이었다.

차마 내보내시지 못하시고 한없이 통곡하시니, 대군과 공주 두 아기씨 들도 곁에서 함께 우시는 것이었다.

대비께서 통곡하시며,

"하늘이시여, 제가 무슨 죄를 지었길래 나를 이렇듯 섧게 하시나이까?"

이렇게 말씀하시고 하도 서러워 우시니, 비록 철석같은 마음을 지녔던들 어찌 눈물나지 않을까마는 대군을 모시러온 나인들은 틈틈이 앉아서,

"너희들의 우는 소리가 들리면 대군을 안 내주실 것이니 어서어서 좋은 낯으로 들어가 여쭈어라. 행여 서러운 빛이 보이거나 하면 모두 죽게 될 것이다."

하고 윽박지르니, 우리는 모두 눈물을 감추고 들어가 여쭈었다.

"이미 범의 굴에 들어왔으니, 피할 길이 없게 되었사옵니다. 병환이 드신 부부인[39] 마님께서 지금껏 살아 계신 것은 오로지 대비마마를 전적으로 믿고 사시는 것이오니, 미처 부원군 대감의 유골조차 제대로 간수하지 못하실 형편이실 것입니다. 두 오라버님을 살려 주시거든 제사나 잇게 하시고 설움은 잠시 참으셔서 대군 아기씨를 내보내십시오."

날은 저물어 가고 어서 내놓으라는 재촉은 성화같고, 또 안에서는 나인이 나와 재촉하니, 하늘을 깨뜨릴 힘이 있다 한들 어찌 그때 이길 수 있으리요.

시간이 점점 지체되니 저들이 우리 나인들을 각각 꾸짖으며 말하기를,

"너희들이 이렇게 해서는 못 살 것이니, 우리가 들어가 대군을 빼앗아 데려 오겠다. 어디 너희 중 하나라도 살아남을 수 있나 보자."

---

[39] **부부인** 왕비의 어머니와 대군 아내의 칭호.

하고 들이닥치려 하는데 얼른 나이 많은 변 상궁이 들어가 여쭙기를,

"안팍에서 장정들을 보냈고 밖에는 의금부 졸개들이 쇠사슬을 들고 둘러서 있습니다. 또 나인들을 끌고 가려고 의녀대도 대령하였습니다. 저희 죽는 건 서럽지 않지만 대비마마께서 믿으실 사람 없이 이 늙은 것만 믿고 계시고, 소인 또한 대비마마를 믿고 의지하오니 실낱 같으신 옥체에 행여 불행이 닥치더라도 소인이 살아 있다가 막아 드릴까 하여 죽지 않고 살아 있었는데 아기씨를 이토록 내주지 않으시니, 이제야 소인이 죽을 곳을 알겠나이다."

위께서 말씀하시기를,

"너희들은 자식 없는 나인인 까닭으로 자식에 대한 어미의 정을 모르는 것이다. 어미의 정으로는 차마 내주지 못하겠다." 하시는 것이었다.

다른 한편으로 대군을 모시러 온 나인들이 대군 아기씨를 달래며,

"사나흘만 피접 나갔다가 올 것이니 버선 신고 웃옷 입고 저를 따라 나가십시다."

라고 말하니, 대군께서 이르시되,

"죄인이라 칭하고, 죄인들이 드나드는 문으로 나가게 하니, 죄인이 어찌 버선 신고 웃옷 입어, 다 쓸데없다." 하시거늘,

"누가 그런 말을 합니까?"

하자 대답하시되,

"남이 일러줘서 알까? 내 다 알고 있다. 서소문은 죄인이 드나드는 문이니 나도 죄인이라고 하여 그 문 밖에 가둬두려 하는 것이다." 하시고,

"나하고 누님이 같이 간다면 가겠지만 나 혼자는 못 가겠다."

하시니, 대비께서는 더욱 아득하셔서 우시는 것이었다.

저들이 대군을 어서 내놓으라고 재촉하며,

"내주지 않으면 나인들을 다 잡아내라."

하며 겹겹이 사람을 풀어놓는 것이었다.

대군을 모시는 김 상궁을 저쪽 나인들이 잡아내며,

"울기만 하고 모셔내지 않으니 옥에 가두어라."

라고 하니, 김 상궁이 말하기를,

"아무리 달래어 나가시자고 해도 저렇게 우시기만 하네. 더구나 죄인이 드나드는 서소문으로 나가시라고 하니 아무리 아기씨지만 이렇게 생각이 깊으신데, 어찌 이리 핍박하여 보채는가? 내가 모시고 나갈 것이니 조금만 물러서게."하였던 것이었다.

날은 저물어 가고 하도 민망하고 재촉이 성화같아 대비마마는 정 상궁이 업고 공주 아기씨는 주 상궁이 업고 대군 아기씨는 김 상궁이 업어 왔더니 대군 아기씨가 이르시기를,

"어마마마와 누님께 앞장서시게 하고 나는 뒤따라 갈 것이다."하시니,

"어찌하여 그런 분부를 하십니까?"하니,

"내가 먼저 나가면 나만 내보내고 다른 두 분은 아니 나오실 것이니, 나 보는 데서 두 분 같이 나가셔야 한다."하시는 것이다.

대비께서는 생무명으로 만든 상복을 입으시고 생무명으로 만든 포대기를 덮으셨고, 두 아기씨는 남빛 포대기를 덮어서 각각 상궁들이 업고 차비

문에 다다랐더니 내관 십여 명이 엎드려서,

"어서 나가시옵소서."

하고 아뢰니, 대비께서 내관더러 이르시기를,

"너희들도 오랫동안 선왕의 녹을 먹고 살았으니 설마 어찌 측은한 마음이 없겠느냐. 사십여 년 동안 적자를 보지 못하여 근심하던 끝에 병오년에 처음으로 대군을 얻으셔서 기뻐하시고 사랑하심이 가이 없으셨다. 하나 당시는 강보에 싸인 어린것에 지나지 아니하니 무슨 별다른 뜻을 두셨을까? 한갓 자라는 모양만 대견해 하시다가 귀천하셨으니 내 그때 선왕을 따라 죽었던들 오늘날 이런 서러운 꼴을 당하지 않았을 것을, 이것이 모두 내가 죽지 않고 살았던 죄다. 아직 동서도 구분하지 못하는 철없는 어린것을 마저 잡아가니, 조정이나 사간원과 사헌부 양사가 선왕을 생각하면 차마 이렇게는 할 수 없는 노릇이다."

하옵시고 너무도 애통해 하시니, 내관도 눈물을 씻으며 입을 열어 말을 하지 못하고 단지,

"어서 나가시옵소서. 저희라고 그 사정을 모르오리까마는 이러고만 계실 것이 아니 옵니다."하는 것이었다.

저쪽 나인 연갑이는 대비마마를 업은 나인의 다리를 붙들고, 은덕이는 공주 아기씨를 업은 주 상궁의 다리를 붙들어 걸음을 옮겨 디디지 못하게 하고 대군을 업은 나인을 앞으로 끌고 뒤에서 떠다밀어서 문 밖으로 나가게 하고, 우리들만 다시 안으로 밀어들이고 차비문을 닫아버리니 그 망극함이 어찌 말로 할 것인가?

대군 아기씨만 문 밖으로 업혀 나가셔서 업은 나인의 등에 머리를 부딪치며 우시면서,

"어마마마 보게 해줘."

하다하다 못하여,

"누님이라도 보게 해줘."

하시며 더없이 애를 태우며 서러워하셨다.

곡성이 궐 안팎에 진동하고 눈물이 땅 위에 가득하니 사람들의 눈앞을 가려 길을 찾지 못할 지경이었다.

아기씨를 궐 밖에 내보낸 뒤 그 주위를 호위하여 환도와 활을 찬 군장이 빙 둘러싸고 가니 대군은 그제야 울기를 그치고 머리를 숙이고 자는 듯이 업혀 가셨다.

대비께서는 다시 업혀 들어오셔서 하늘을 우러러 애통해 하시다가 여러 번 기절을 하시고, 주위에 사람 없을 때를 골라 목을 매시거나 목을 찔러 죽으시려고 주위 사람들에게 자꾸 물러가라 하시니 변 상궁이 대비마마의 그러한 심정을 알고 밤낮으로 곁을 떠나지 아니하고 마주앉아 지내었다.

변 상궁이 여러 가지 말로 대비마마를 위로하여 여쭙기를,

"부부인 마님이나 마마께서는 본디 선한 일을 하실 양으로 사람들을 한 번도 해한 일이 없사온데, 하늘이 대체 어떤 허물을 보셔서 이런 서러운 일을 겪게 하시는지 모를 일이옵니다. 하나 이 설움을 벗게 될 날이 언젠가는 반드시 있을 것이옵니다. 대군의 나이 아직 열 살도 못 되셨으니 설마하니 벌써 죽이기야 하겠사옵니까. 궐문을 열고 자주 바깥 소식에 귀를

기울이시면 자연히 대군의 안부라도 듣게 되실 것이며, 마마께서 살아 계셔야 부원군 댁 제사며 소인네들도 거느리실 것이 아니겠사옵니까? 늙으신 부부인 마님께서 누구를 믿고 살아 계십니까? 아드님을 위하시어 깨끗이 죽고자 하시나 부모님께는 크게 불효가 되는 일이오니 친정 어머님을 생각하셔서 손수 죽고자 하시는 마음일랑 거두시고 잠시 동안만 이 서러움을 견디시옵소서. 궐문을 열거든 부원군댁 분들을 만나셔서 설움을 겪는 억울한 마음을 말씀 나누소서. 또한 공주 아기씨도 대군 아기씨와 다름없는 자손이시니, 비록 따님이시나 버리고 돌아가시오면 어디 누굴 의지하고 사실 것이며, 이제 외가댁에 붙어 의지하여 사신다면 공주께서 장성하신 후 홀홀 단신 그 설움을 어디에서 푸실 것입니까? 대전께서 비록 어리기는 하나 동생인데도 올바로 대우하지 아니하는 지금 처지거늘 하물며 마마께서 먼저 돌아가시고 보면 대군을 죽일 것인데 그 누이동생을 편히 살게 할까 싶습니다. 반드시 사특한 일을 꾸며 누이마저 없애버릴 것이오니 마마께서 국모의 자리에 계셔서 두 자손을 두셨다는 것은 묻어버리고, 마음속으로 방정과 역모를 꾀하다 발각되어 자결했노라 역사책에 쓸 것입니다. 비록 사람으로서 견디기 어려운 지극한 슬픔임은 다시 말할 필요도 없사오나 후세에 마마의 이름이 더럽혀 전해질 것을 깊이 생각하셔야 할 게 아니겠습니까? 이 어리석고 미욱한 짐승 같은 소견으로도 이러하오니 애통을 참으시고 깊이 살펴 생각하십시오.”

하니, 대비께서 말씀하시기를,

“난들 어찌 그런 이치를 모르겠느냐. 더러운 이름을 씻고자 하는 바이긴

하지만 너무 서러워 애간장이 끊고 심장과 간에 불이 붙는 듯하니, 나중 일 생각은 자연히 없어지고 이 세상을 한시바삐 떠나고자 하여 손수 자결코자 하는 것일세."

하오시며, 단 한순간도 쉬지 않고 울음을 그치지 않으시며 식음을 들지 않으시고, 오직 냉수와 얼음을 마실 뿐이셨다.

날마다 친정어머님 안부와 대군의 안부를 궐문이 열어 주거든 알아 올려라 보채시는데, 저들이 대군을 좋은 말로 많이 달래어 내어갔으니 하루에 한 번씩 내수사로 문안만이라도 알아서 자주 일러 주라고 대비께서 대군이 자실 음식을 내어 줄 양이면 금군의 군사들이 낱낱이 펴 뒤져보고 대전과 내전이 가져다가 자세히 수소문을 한 뒤에야 대군께로 보내곤 했다.

이렇게 지낸 지 한 달만에 대군 아기씨를 강화도로 옮겼으나 대비께는 미리 알려주지도 않았다. 늦도록 안부를 전하는 사람도 찾아오지 않자 대비께서 매우 수상히 여기셔서 다시 근심하시고, 아기씨께 보낼 과실이며 고기를 담아 침실에 놓아두시고, 대군이 즐기시던 실과를 종이자루에 넣어 곁에 놓아두시고,

"어찌하여 오늘은 여태껏 아무 안부도 오지 않을까? 필경 무슨 까닭이 있는 게다. 아무 데나 높은 곳으로 올라가 궁 밖의 길이나 살피고 오너라."

라고 이르시거늘, 전에 침실로 썼던 다락에 올라가 근처를 바라보니 사람들이 돈의문(敦義門)을 빙 둘러싸 있고, 성 위에 올라가 굽어보니 그 수를 헤아리기 어려울 만큼 사람들이 많았고, 활을 차고 햇빛같이 번쩍이는 창, 환도 가진 이가 수를 헤아릴 수 없이 많고, 길가는 거동으로는 말 탄 사람

들이 굉장히 많았다.

바라다보고 있으려니 하도 가엾은 생각이 들어 눈물이 저절로 흘러내리는 것을 참지 못하여, 자세히 보려고 애를 썼으나 종적을 알 수 없었다. 자세히 살피니 이윽고 검은 발로 덩[40] 비슷한 걸 메고 나인 두 세 사람이 말을 타고 투구 쓰고 가는데, 들리는 소리가 전에 듣던 소리였다. 그제서야 이젠 대군 아기씨를 죽이려나보다 여기고 내려와,

"아무리 살펴보아도 종적을 알지 못하겠습니다."

이렇게 여쭈면서도 서러운 마음은 차마 견딜 수 없었다.

바깥 사람들이 길 닦는 곳에 있기에 그곳에 가서 가만히 엿들어 보니,

"대군을 강화로 옮긴다니, 참으로 불쌍하다."

이런 말들을 하니 그제야 강화도로 옮긴 것을 알았던 것이다.

며칠이 지나도 안부가 오지 않고 강화로로 옮겼단 말도 알려주지 않았다.

대비께서는 나인들만 자꾸 보채시며,

"어서 안부나 알아다 다오."

라고 하시지만 그 안부를 어디 가서 들을 수 있겠는가.

내관더러 이르시기를,

"안부는 염려 없이 들을 수 있다고 하지 않았는가. 대군의 안부를 모른 지가 벌써 수일 째나 되니 대군은 대체 어디에 있으며, 어찌 언약하신 것

---

40. 덩 공주나 옹주가 타는 차.

과 다르단 말인가? 먹을 것은 마음대로 보내라 하셨기에 그 말대로 하였더니 임금으로서 설마 속일 리야 있을까 하여 철석같이 믿었건만, 이제 와서 보니 속인 것이 분명하다. 대군이 간 곳이나 일러 달라."

하셨는데도 대답조차 하지 않는 것이다.

대군이 아직 강화도로 떠나지 않으셨을 때, 김 상궁에게 업혀 계시며 슬픔을 이기지 못하여 우시면서,

"내 발을 씻기고 목욕도 시켜다오."하시니,

"아기씨도 목욕을 하는가? 못 하실 것인데 무슨 일을 하시려고 목욕을 하시려고 하실까?"하며,

"무슨 일로 저렇게 슬피 우시는고?"하였다.

흐느끼시며 매우 서럽게 우시다가, 그날이 유월 스무하룻날이었는데,

"오늘이 며칠이냐?"하시니,

"며칠인지 알아서 무엇하시렵니까?"

"알 만한 일이 있으니 묻는 것이다."

하시고 더욱 서러워 우시니 좌우에 있던 사람들이 다 수상히 여겼는데 과연 유월 스무하룻날에 강화도로 옮겨갔던 것이다. 정신이 신통하셔서 당신에게 닥칠 화를 미리 아신 것 같았다 한다.

대비께서는 더욱 서러워하시며 곡기를 끊으시고 밤낮 슬피 우시는 것으로 세월을 보내셨다. 곁에서 모시는 나인들이 자꾸 권하는 바람에 콩가루를 냉수에 풀어 간장종지에 담아 잡수셨는데 그것도 하루에 한 번씩도 안 잡수셨다.

"목마름이나 축이고 우십시오."

변 상궁이 울며 간절히 아뢰기를 하여야 두어 번씩 마시는 것이었다.

계축년, 갑인년, 을묘년까지는 콩가루를 꿀물에 탄 것을 하루에 한 번씩만 잡수시며,

"대군의 기별을 알고 싶구나."

하시며 문안을 오는 내관에게 아무리 일러보아도 들은 체도 하지 않았다.

대전이 안으로 장정 나인 십여 명과 밖으로 건장한 내관들을 보낸 까닭은 대비께서 대군을 데려오시려고 밖에 나가실까 염려함이었다. 안과 밖의 문을 다 밀어서 닫고 사잇문도 탕탕 소리나게 닫아버리고 차마 입에 담지 못할 말로 우리들을 꾸짖고 갔다.

혹시라도 나이 어린 나인들이 울기라도 하면 은덕이와 갑덕이가,

"요년들, 대군이 죽든 살든 네년들과 무슨 상관이냐? 네 어미나 아비가 죽거든 울지 대군을 생각하면서는 울지 말아라. 우는 눈에 재를 집어넣어 버리겠다."

하고 꾸짖고 때리므로 사람이 나다니지 못했다.

달포가 다 되도록 강화도로 옮겼다는 말을 일러주지 않아서, 기별을 들을 길이 없어 대비께서 더욱 망극히 여겨 서러워하셨던 것이다.

부부인이 살아 계신지 어떤지도 통 알지 못하여 문안 오는 내관에게,

"궐문을 열어 노모의 생사나 듣고 죽게 해다오."

하시며 간절히 비셔도 대답을 않다가 여러 번 다시 조르시니 소식을 전해 온 내관을 대전이 꾸짖으며,

"역적의 집안은 원래 삼족을 멸하고, 집을 부수어 살 수 없게 하는 법이거늘 내 군이 고집하여 대신들을 누르고 내수사에 일러 양식이나마 드려 지내게 하였다. 한데 어찌 이리 소란스럽게 궐문을 열고 기별을 듣고 싶다 하는 것인가? 너희들 나인이 대비전에 꾸부리고 앉아서 '어버이의 기별이나 들어 보십시오' 하고 보채기에 이런 일이 일어나는 것이 분명하다. 다시 이런 말이 나오면 너희들을 하나도 남김없이 다 죽일 것이니 다시는 말나게 하지 마라."하는 것이었다.

또 이해 가을에 궐문을 열어 달라고 날마다 내관에게 일러 보채시니, 천 번에 한 번도 들은 체를 하지 않다가 내관에게 말을 전하기를,

"닫아두면 한 해, 두 해를 닫아두겠느냐? 삼 년을 닫아두겠느냐? 아직 잡히지 않은 죄인 박치의를 잡으면 그때 궐문을 열 것이다."라고 하였다.

대비마마의 생일에 다다라 내전에서 별문안(別問安) 드리는 내관을 보내시니 이에 대답하시기를,

"옛날 얼굴 뵙던 일을 생각하니, 감개무량하오. 나도 사람이요, 내전도 사람이니 사람의 정은 마찬가지인 줄 아오이다. 온갖 일에 모두 탈을 잡고, 아버지며, 동생이며 다 내어 죽이셨고 대군마저 내어 가셨는데 어디로 갔다는 말도 듣지 못하였으나, 설마 해를 입히시기야 할까 하고 있소이다. 서러움이란 비길 곳이 없으나 모진 목숨 죽지를 못하고 살아서 노모의 안부나 듣고자 밤낮으로 바라고 있으니 문을 열어 안부나 듣고 죽게 주선하여 주시오. 하면 지하에 가도 잊지 못할 것이요, 죽어도 눈을 감고 죽을 수 있을 것이오."

하고 말씀하셨으나, 이에 대하여 아무런 대답도 하지 않았다.

이해 정초에 이르러 문안내관에게 또 이렇듯 이르셨으나 이 역시 아무런 대답도 없었다.

나인이라는 것이 본디 궁궐의 일만 하고 밖의 어버이, 동생들이 세상일을 돌보는 법이라 모두가 대문 열 방법을 몰라 답답하고 민망하였다. 나인들이 당초에 앞으로 죽게 되는지 살게 되는지 짐작을 못하여 행여 불행한일이 있어도 입은 그대로 죽음을 받으리라 생각하고 저희들이 입는 옷도벗지 않았다.

대비께서 대군과 함께 죽으시려고 하심에 자신들이 죽을지 살지 몰라당장 입은 것 이외는 모두 내보내었더니 앞뒤 생각을 해보니 윗전과 아랫것이 모두 목숨을 끊는 것이 옳지 않아 모두 목숨을 이었다. 지낼 날을 생각하여 보니 하도 민망하여 차비내관에게 모든 내인이 옷을 돌려 달라 아무리 빌어도 들은 체를 하지 않고 들어 줄 데가 없어 나인들이 구석에 모여 앉아 우니 대비께서 나인들 입을 것들을 주시고 이르시기를,

"서러움을 참고 끈기 있게 견디거라. 나는 나라의 어른으로서 남에게 잡혀 인질이 되었다. 잠시도 슬하를 떠나지 않고 곁에 두던 대군마저 내주고겨우 하루 두 번씩 본가의 안부나 알고 지낸다. 그러니 너희들도 답답함을견디고 어지럽게 내관에게 통사정을 하지 말아라. 행여 알 길이 있었다면이리 철통 속에 들기나 한 것처럼 기별 한 번 통하지 않겠느냐? 저들이 우리가 서러워하는 줄은 모르고 서로 기별 듣고 잘 지내고 있는가 여기면 더욱 성을 내어 위엄을 부릴 것이다. 그러니 조심하여 살자, 틈을 보아 알릴

생각은 말아라."

하고 세 번 당부하시니,

"그리하겠습니다." 하였다.

바깥 행랑에 있는 큰 대문이 본래 닫아 놓은 문이나 많은 군사를 시켜 빈청(賓廳) 뜰을 지켜보고 있게 하니 혹여 아비(衙婢)[41] 따위가 다니는 양을 보아 전하려 해도 전할 길이 없어 허송 세월을 보냈던 것이었다.

뜻밖에 난을 만나 정전에 계시지 못하고 후궁이나 정빈이나 모두 같은 꼴이 되었다. 본가가 상중이라 거적을 깔고 망극함을 보내셨다.

나인 중환이와 경춘이란 하인은 옛날부터 입궐하여 살고 있었다. 경춘이는 의인왕후의 친가댁 종인데 의인왕후가 돌아가신 지 3년 후 침실상궁이 그가 용하다 여쭈었더니 늙은 나인들이 이르기를,

"본가댁 종이니, 가까이 모시는 소임을 맡기는 것은 가하지 않습니다."

하니 대비께서 들으시고,

"무지한 말이로다. 나라의 어른이 되어서 먼저 왕비의 종이라고 차별하겠느냐? 의인왕후의 어지심을 들었으니 상전이 착하면 종조차 용하다 하였다. 비록 하인이나 순직함이 제일이니 옛과 지금을 따지지 말고 부려라."

라고 하셔서, 침실의 등촉 밝히는 소임을 맡겼다.

중환이는 각사(各司)[42] 사람으로 어릴 때 대궐에 들어왔으나 뜻이 용하

---

[41] **아비(衙婢)** 계집종.

[42] **각사(各司)** 서울에 있는 관아를 통틀어 이르는 말.

지 못하여 여러 번 궁 밖으로 내쫓겼던 사람이었다. 이제 다시 경춘이와 같은 소임을 맡았으니 중환이는 옛 하인이라 침실 등촉 밝히는 소임을 주었고, 경춘이는 시집 본가댁 출신이라 도상직방(都相直房) 등촉 밝히는 소임을 맡으라고 명하셨다.

예부터 있던 나인들이 말하기를,

"너무 사람을 믿으셔서 저리 처리하시는 것이다. 어지시기는 비할 데 없으나 예로부터 이런 일은 원래 없는 법이다."하였다.

그때까지 흉한 일은 일어나지 않으리라 여겼는데 중환이 오라비가 도장을 위조한 사실이 드러나 여러 사람이 종아리를 때려 가며 심문하니 대전을 원망하는 것이 나날이 심해져 악한 마음을 이기지 못하고 공연히 원망의 말을 하였다. 듣는 사람이 귀찮아하며 그런 말 말라 일렀는데 그가 원망한다는 사실을 개시가 알고 감싸 안으며 달래고 부드럽게 말하여 정을 붙인 후에,

"네가 내가 하는 말을 잘 들으면 네 오라비를 살려 주마."하였다.

서로 언약한 후에, 중환이가 대비께 진상된 은바리를 도적질하여 개시에게 주었던 것이었다.

임자년 6월 18일은 경평군[43]의 생일이었는데 대궐 음식 만드는 소주방 하인이 진지 받으러 간 사이를 틈타 중환이가 망을 보고 경춘이가 잠긴 문꼬리를 뚫고 바리를 내어다가 개시에게 주고 왔다.

---

[43]. **경평군** 선조의 열한 번째 아들.

사람들이 모두 수군거리기를,

"경춘이와 중환이가 한통속으로 대비마마를 속인다."라고 말하였다.

침실상궁들은 중환이를 의심하지 않으니 뉘가 감히 소문을 낼 수 있겠는가. 중환이는 본시 제 오라비의 일로 대전을 원망하는 사람이요, 경춘이는 자기보다 좀 손위 상궁만 보아도 꿇어 엎드려 인사를 하고 고개를 쳐들어 말을 아니 하고, 입 밖으로 큰 소리를 내는 법이 없으니, 뉘라서 저들을 의심하겠는가?

점장이에게 잃은 물건의 행방을 물으니,

"뺨이 약간 붉은 듯하고 남과 더불어 말을 하지 않는 사람이 품어다가 사람의 손이 미치기 어려운 사람에게 주었으니 찾기가 매우 어렵겠다."

하거늘, 모두 말하기를,

"경춘이 낯이 창백하니 그가 품어간 것입니다."

하되 대비께서 곧이 듣지 아니하고,

"경춘이는 억울하다."하시는 것이다.

저들이 이 일을 즐겨 밤이면 사잇문을 열고 나가 대비께서 입으시는 옷이며, 아기씨께서 입으시는 옷이며, 나인들이 밥 떠먹는 일까지 샅샅이 개시[44]한테 일러바쳤는데 그리하여 중환이의 오라비가 풀려났던 것이다.

우리는 저들이 어울려 사귀는 줄을 몰랐다. 계축년 변이 일어났을 때 개시의 심복이 되어 저들은 그렇게 될 줄을 미리 알고도 우리들 보는 데서는

---

[44] **개시** 선조 때부터의 상궁으로 광해군의 총애를 받음.

남의 눈에 더욱 서럽게 보이려고 땅을 헤치며 서러워하는 체를 하니, 상궁이 듣고,

"너희들 둘을 우리가 각별히 가엾게 여긴 것은 경춘이는 의인왕후의 종이요, 중환이는 아이 때부터 보아 왔던 탓이다. 너희들은 살 수 있을 것인즉, 우리가 없어도 명절날이 되거든 아기씨께서 좋아하시던 실과나 생각해서 올려 드려라." 하였다.

그러자 둘이 울며,

"그리 말씀 안 하셔도 어련히 생각하여 하지 않겠습니까?" 하였던 것이다.

마음속엔 비수를 품고 있으면서도 밖으로는 서러워하는 체를 하니 모두들 진정으로 그런가 하고 믿었던 것이다.

임자년 4월에 대전 나인들이 잔치를 벌여 다른 전의 상궁들을 청하였는데 두어 사람은 순순히 왔으나 개시는 병을 빙자하며 오지 않았다. 이에 재삼 청하니,

"중병을 앓고 난 후라 가지 못하겠나이다."

라는 말을 하고 결국 오지 않았다.

밤이 깊었는데 누군가 혼자 몰래 침실 곁 소주방에 왔는데 낡은 겹마기 저고리를 입고 족도리를 눌러쓰고 소리 나지 않는 신을 신고 왔었다.

그가 몰래 나와 침실로 들어가려 할 바로 그때 마침 침실상궁이 소변을 보러 나왔다가 침실 근처가 하도 고요하여 놀라, 다른 전(殿)사람들도 많이 와 있으니 혹시 잡인이라도 들어갈까 염려하여, 침실로 들어가 보려 하

니 개시가 있다가 김 상궁을 보고 놀라 피하려 애를 쓰며 문 안으로 들어갔다.

김 상궁이 가까이 다가가니 숨을 곳을 찾지 못하고 쩔쩔 매다가 고개를 푹 수그리고 지게문 뒤로 낯을 돌린 채 부들부들 떨고 서 있었다. 김 상궁이 나왔다가 하도 무서워 다시 들어가지 못하였는데 다시 마음을 당돌하게 먹고 들어가,

"게 뉘신가?"

하며 여러 번 물어도 대답을 않고 떨기만 하니 이미 개시의 소행인 줄을 알건만 날이 어두워 혹시 잘못 보았을까, 하여 손을 덥석 잡으며,

"자네는 누구신가?"

라고 여러 번 계속 물었더니 그제야,

"나로세." 하거늘,

"상궁이신가?"

"맞네, 나일세." 하거늘,

"어떻게 오셨는가?"

"저 구경 좀 하러 왔네." 하는 것이었다.

잡아 보았자 어디다 고할 수도 없고 두 전(殿) 사이가 점점 더 시끄러워지기만 할 뿐이어서 일부러 놓아 보내 주었다.

"아파서 못 오겠다 하여 무척 섭섭했는데, 구경을 하고 가신다니 기쁘네."

하고 놓아 보냈다 한다.

상궁이 개시의 손목을 잡았더니 마치 산 물고기가 날뛰는 것처럼 뿌리치며 용을 썼다고 하였다.

김 상궁은 이 일을 일체 입 밖으로 내지 않고 혼자서만 근심하였다. 개시가 대군을 낳으면서 대비를 더욱 꺼리다가 무신년 이후 임해군의 일이 일어나면서부터는 더욱 없는 말을 지어내어 밤낮으로 대비와 나인들을 근심하게 하였다. 그러다가 임자년 괘방(掛榜) 일[30]로 대군을 미워하는 정도가 점점 더 심해졌던 것이다.

본디 두 대궐의 사잇문을 잠가 두다가 내간이 열면 그때야 아침저녁 문안을 드리는 상궁이 다녔다.

그 틈을 타서 자객을 시켜 대군을 죽이려다 대군이 침실에서 주무시기에 못하고 방정만 하고 가곤 하였다.

그 후부터는 소주방 마루 아래에서 아이가 소리 높여 우는 소리가 들리고 한숨 소리가 들리니 저녁때는 사람들이 차마 그 근처에 들어가질 못하고 무서워한다 하였는데, 개시가 왔던 일의 소문이 날까 하여 일체 못 들은 체하여 아이들이 무섭다고 하면 도깨비가 나온 것이라고 속이고 살았다.

중환이와 경춘이가 한 편이 되어 그렇게 하였던 것이다.

저들이 제 궁에 방정을 하고는, 우리가 그 노릇을 하였다고 난리를 일으켰다. 저들이 중환이, 경춘이 둘을 꾀어 달래서 온갖 흉한 노릇을 다 하였

---

45. **임자년 괘방(掛榜) 일** 남대문에 흉서가 내걸린 일.

다. 우리는 남을 해할 뜻도 없고 또 앞뒤 사정을 알 리도 없고 그 전(殿)의 침실 일도 알지 못했던 것이다.

계축년 동짓달에 중환이가 말하기를,

"제 오라비가 무거운 죄를 짓고 옥에 갇혀 있었는데 어떤 중이 『사자경(獅子經)』과 『다라니경』을 읽으면 갇힌 일도 풀리고, 잠긴 궐문도 쉽게 열리고 크고 작건 간에 액에서 벗어난다고 하였습니다. 오라비가 옥중에서 항상 읽었더니 그 덕을 입었는지 이제 살아나서 풀려 나왔습니다. 좀 다르기는 하나 대군 아기씨 살아나시고 닫힌 문이 쉽게 열리도록 정성 들여 읽어 보소서. 가만히 손놓고 앉아 계신 것보다는 나을 것입니다." 하였다.

대비께서도 들으실 만하게 여기셨고 그중에서도 김 상궁이 그럴싸하게 여겨,

"경을 읽어 보고 싶습니다."

하니, 대비께서 말리시며,

"경이란 것이 원래 공손하고 정성을 들여야 덕을 입는다 하였다. 한데 모든 사람의 마음이 산란하고 내가 밤낮으로 곡읍을 하여 가슴이 미어지는 듯 아프고 서럽거늘 무슨 정성으로 경을 읽겠느냐, 두어라." 하시니,

"하시는 말씀 마땅하시오나, 혹여 덕을 입어 궐문이 쉽게 열리고 부부인 마님과 아기씨의 기별을 쉽게 들을 수 있을 지 모르니, 앉아서 괴로워만 할 것이 아니라 읽고 싶습니다."

여러 번 청하니,

"너희들이나 그리하여라." 하셨다.

대비께서 들어 계신 곳은 차비가 가까우니 더럽고 요란하여 정결하고 인적이 없는 대군이 들어 계시던 곳에서 중환이가 말로 옮기는 것을 언문으로 써서 경을 읽었다. 그런데 제가 도리어 흉한 마음을 내어 개시에게 고할 뜻을 품고 틈을 내려고 애쓰더니, 제 오라비가 세자궁의 등촉 바치는 자라 항상 닫힌 문 밖에 와서 제 누이의 기별을 들으려고 사람 다니는 것을 엿보고, 중환이는 밤에 군사에게 뇌물을 주고 사귀어 제 오라비를 불러오게 하였다.

중환이 오라비에게 모든 말을 다 하고 글월을 써서 개시에게 주니,

"사잇문으로 오면 들은 말을 모두 일러 드리리다."

라고 하였다는 것이다.

이 일은 중환이가 전할 소식이 없어 민망해 하는 중에, 개시가 밤에 문을 열고 와서 중환이를 꾀며,

"대비전에서 하는 일을 자세히 일러바치면 너를 먼저 나가게 해주겠다."

하였으니 공을 얻으려 애를 썼는 데도 일러바칠 일이 없으니 제가 경을 가르쳐 하도록 하고는 말을 옮겨,

"대비마마께서 친히 대군처소에 가서 하늘에 제사 지내고 대전 죽으라고 비십니다."

라고 고했던 것이다.

참소를 하려고 개시, 은덕이, 동궁 무수리인 업관이를 데려다가 그 경을 읽는 곳을 가르쳐 보이게 하였으나 대비께서 친히 나가신 일이 없었고, 또 경을 읽었다 하여 잡아다 죽일 수는 없는 노릇이었다.

무슨 트집이라도 잡아서 남아 있는 나인들을 마저 죽이고 대비께서 혼자 계시게 하여 애를 태우시다가 돌아가시도록 하려 한 것이다. 하지만 트집을 잡지 못해 무한히 애를 쓰더라고 하였다.

西宮錄 제二권

서궁록 제2권

이해 섣달에 중환이가 문 상궁한테 말하기를,

"얼마 전에 슬며시 오라비를 불러서 어머니의 안부를 들을 수 있었습니다. 행여 동생의 안부를 알고자 하실까 하여 이런 말을 드리는 것이옵니다. 혹여 궐 밖과 서로 내통한다는 소문이 나면 아니 되니 상궁만 알고 글월을 적어 주십시오."하였다.

문 상궁은 원래 남을 잘 믿는 사람이고, 또한 중환이를 오래 전부터 불쌍히 여겨 중환이의 오라비가 옥에 갇혀 있을 때 양곡이며, 반찬거리, 입성까지 주었으니, 중환이에게 베푼 은혜를 중하다고 아니 할 수 없을 것이다. 더구나 중환이가 평소에 늘 말하기를,

"상궁님의 은혜는 이 몸이 죽어 땅 속에 들어가도 결코 잊

을 수 없을 만큼 크고 크니 어떻게 다 갚겠습니까."

라고 할 정도의 사이라 추호도 의심하지 않고 오라비인 문득람에게 보내는 글월을 써서 주었더니 즉시 답장을 받아다 주었던 것이었다.

본전 감찰상궁의 종인 부전이와, 천복의 종 음덕이는 중환이의 심복이 되어 오로지 공을 세워 보려는 욕심으로 한 패가 되어 밤낮을 가리지 않고 대비전의 동정을 살피다가 아무리 사소한 일이라도 본 즉시 고해 바치니 중환이는 이를 들어 두었다가 밤이 되면 담을 넘어가 저들에게 고했던 것이다.

대비께서 계신 곳은 명례궁의 동쪽 모퉁이이고 중환이가 거처하는 곳은 서남쪽 행랑(行廊)이었다. 명례궁에서 다른 궁으로 통하는 곳은 서쪽 모퉁이인데 동서를 잘 알고 다닐 만한 사람은 여럿이 끌려나가 죽은 후라 궁 안이 텅 비어 밤이 되면 인적이 끊어지고 일만 군사가 들어와 날뛰더라도 알 길이 없을 형편이었다. 그러한 가운데 중환의 행동거지를 살핀 즉 점점 수상하였다. 중환이가 대비마마를 향하여 원망하기도 하고 옥에 갇히러 가는 나인들을 향하여서도 대비를 생각 말라 꾸짖으며,

"곱게 살지 못하려고 큰일을 저질러 서러운 꼴을 당하니, 이게 모두 누구 탓이라 원망할 것이냐?"라고 말했던 것이다.

중환이가 이러면서도 태연자약하게 문 상궁에게 드나드니, 문 상궁은 추호도 의심을 하지 않았다. 혹시 다른 나인이 중환이는 두려운 것이 없어 방자하게 군다고 말하기라도 하면,

"그 사람이 그런 뜻을 품을 리가 있나? 절대로 그럴 리가 없네. 공연히

남을 시기하여 그리들 말하는 게지."하였다.

중환이가 문 상궁을 달래며 하는 말이,

"시녀 방씨는 대전에 나가서 아무 탈없이 살고 있고 그의 오라비는 대전 별감을 하고 있어 대군께서 가 계신 곳에도 간다고 하니, 대군 아기씨 기별듣기가 쉽지 않을까요?"

하니 문 상궁이 말하되,

"거기가 어디라고 누가 감히 그런 무서운 일을 해줄까?"하니,

"제 오라비를 시켜서 통하겠습니다."

하거늘, 아기씨의 안부를 알고 싶은 마음에 글월을 써서 중환이에게 주고 대비께 여쭙기를,

"아주 믿을 만하고 용한 길이 있어 아기씨의 안부를 알려고 갔으니 곧 기별이 있을 것입니다."하였다.

"누가 그 일을 하였느냐?"하시니,

"중환이의 오라비가 글월을 가지고 시녀 애일에게 전했습니다."

대비께서 매우 놀라시며 말씀하시기를,

"그런 생각은 꿈에도 하지 말아라. 기별을 알아 전해 주는 은혜는 하늘처럼 여기겠지만, 대군과 내통하는 줄 알면 그들이 그 일을 빌미 삼아 우리에게 화가 더 미칠까 걱정이 되는구나. 이후로는 그런 생각일랑 마음에도 품지 말아라. 서러움이야 이루 다 일러 무엇하겠느냐. 서로 살아만 있으면 자연히 알고 소식 들을 길이 있을 것이다. 지금이야 위태한 일을 전하지 못할 것이다."

하시니 문 상궁이 대답하기를,

"이 하인은 예부터 순순하고 정직하며 소인에게 입은 은혜도 꽤 중하오니 조금도 해를 끼치지는 않을 것이옵니다. 믿어 보옵소서."하였다.

그 뒤에 항상 문 상궁에게 글월을 받아다가 주었는데 그때마다 더욱 조심하기를 신신당부를 하시곤 했다.

애일의 글에 적혀 있기를,

'소인이 차마 죽지 못하고 밖에 나와 편안히 있지만, 마마님과 상궁님들이 당하고 계신 고초를 생각하면 망극하고 서럽기 그지없습니다. 비록 미천한 몸이나 마마의 은공을 갚을 길이 없어 애타하던 중에 아기씨 안부를 몰라 노심초사하신다니 죽을 힘을 다하여 동생이 별감으로 아기씨를 따라갔사오니 글월을 주시면 어린 상궁에게 가만히 주어 글월 받아 오라 하겠습니다.' 하였다.

문 상궁은 반갑고 기쁘기 한이 없었다. 대비께서 항상 대군의 소식을 몰라 서러워하시니 한 번 시원하게 해드리자 하고, 이 글월을 가지고 가서 변 상궁에게 그 이야기를 하니 변 상궁은 놀라 화를 내며 이르기를,

"저들이 대비전을 미워하기를 적의 나라를 미워하는 것처럼 심한데 출입이 금지된 궐문 바깥과 통하여 글월을 받아오는 것도 큰일이거늘, 어디 가서 아기씨의 안부를 알아올 수 있다는 것이냐? 이런 생각을 하는 자네의 그 정성이 지극한 줄 알겠거니와, 이 사실이 발각되면 큰일이 벌어질 것이니 여쭙지 마시게."

문 상궁이 화난 얼굴로 대답하기를,

"어찌 그런 말씀을 하십니까? 행여 다른 사람을 불러온 것이라면 모를까 믿을 만한 사람을 통해 알게 된 것이니, 형님도 그런 의심일랑 마십시오."

하고 대비전에 나가 그 말씀을 드리니, 대비께서 방바닥에 몸을 굴리며 애통해 하시면서,

"강화도에 아이를 옮기는 줄은 꿈에도 생각하지 못했는데……, 세상일이 어찌 돌아가는지도 모르는 아이를 섬에 보냈으니 이 서러움이야 어디에 비길 곳이 있겠느냐? 또 혼자 안부를 몰라 밤낮으로 서러워하는 이 마당에, 안부를 알고 싶지 않을 까닭이야 있겠느냐? 제가 나서서 알아 오겠다 하니 기쁘기 그지없으나 공을 바라서 하려는 노릇은 아닌가 싶으니 내 편에서는 글월을 써주지 못하겠다."

하시니 문 상궁이 다시 여쭙기를,

"안팎을 통틀어 믿을 만한 사람이 이만한 이가 없고 마마를 위해서도 정성을 다한 사람입니다. 공을 바라고 하는 사람이면 소인이 이렇듯 말하겠습니까? 만약 그 사람을 못 믿으시면 소인을 못 믿으시는 것이라 알겠습니다."

변 상궁이 옆에서 여쭙기를,

"믿을 만한 사람이 아닙니다. 애일은 중환이가 흉한 마음을 먹고 들인 나인이며 마마를 원망하고 아무 일이나 얻어듣고 고하려고 간사한 꾀를 가지고 우리를 속이려는 마음을 먹은 것입니다. 밤낮으로 바깥에서 발을 곧추 디디며 조그만 허물이라도 알아내고자 하고 있습니다. 지금 이러는

것은 큰 화를 무릅쓰고 권하는 일이오니 마마께서는 잠시만 참으시고 아기씨의 소식을 알려 하지 마소서."

못내 여쭈오니,

"나도 그리 생각하노라. 반갑고 서러운 정으로야 즉시 글월을 보낼 것이로되 무서워 못하겠구나."

하시거늘 변 상궁이 다시 여쭙기를,

"그런 생각일랑 아예 마십시오."

하니, 문 상궁이 다시 여쭙기를,

"글을 써 주십시오."

하니, 변 상궁이 여쭙기를,

"내 차비문에 가서 소리질러 이르겠다. 가만히 듣기나 할 일이지 어찌 이런 일을 하시라고 하느냐?"

하니, 문 상궁이 크게 노하여 말하기를,

"상궁님이 상전을 위하여 정성이 지극하신가 여겼더니, 이 일로 미루어 보니 진실로 정성이 없으시군요. 밤낮으로 슬픔에 잠겨 계서 물만 드시고 부부인 마님과 아기씨 안부를 알려고 하시나 기회가 없어 못하셨소. 이렇게 믿음직한 사람을 얻기도 어렵거늘, 무슨 일이 일어나거든 내가 알아서 할 것이니 상관 말고 내버려 두시오."

하고 성을 내며 방에 들어가 글월을 써 갖고 나와 변 상궁에 보여 주었다.

〈대비께서 아기씨를 보내시고 기별을 몰라 하시더니, 믿을 만한 사람이 나서서 아기씨 안부를 알고자 글월을 써 가니 보고 병이나 드시지 않게 잘 모셔라. 잡숫고 싶어하시는 것이 무엇이건 가져간 것을 아끼지 말고 물긷는 하인에게 주어 사서 잡숫게 하고, 어떤 일이 있어도 잘 견디고 모시도록 하여라. 궐문 곧 열리면 기별을 듣지 못하겠느냐.〉

중환이 담을 넘어가 저들과 내통하고 제 물건은 모두 **빼돌려서** 개시에게 보내고 빈 몸으로 남아 있었다.

중환이가 문 상궁에게 쓴 글월을 달라고 하니 글월을 봉하여 주고 답장을 받아다 달라고 하였다. 중환이가 흉한 마음을 먹은 줄을 알고 있는 변 상궁이 문 상궁에게 말하기를,

"글월을 보내지 말고 다시 가져오도록 하시게. 이러이러한 소문이 있으니 주지 말게나."하니,

"남들이 시기하여 그리하는 말이오, 그럴 까닭이 없습니다."하거늘,

"중환이가 대전에 아뢰면 큰일이 날 것이니 어서 찾아오도록 하시게." 하거늘,

"종을 시켜 일하는 틈에 제 오라비를 주고 와서 없소이다."하였다.

다시 달라고 하여도 꾸짖고 주지 않았다. 중환이 글월을 떼어 읽어보고 감추어 놓고 없다며 돌려주지를 않은 것이다.

변 상궁이 문 상궁에게 글월을 내달라고 다시 졸랐지만 결국 내주지 않았다. 중환이가 그 사이에 글월을 제 오라비 차충룡에게 주어 개시에게 전

하였다. 개시가 그제서야 부정한 물건을 찾았다 하여 새롭게 내외 사람을 섣달 그믐날 하옥하고 갑인년 초하룻날 추국을 시작하였다.

문 상궁을 통해 허가를 얻었다는 이유로 제 집으로 안부를 전하던 나인 들까지 다 잡아들이고 말았던 것이다.

문 상궁이 중환이에게 이르기를,

"니가 내 덕으로 추위와 더위를 피했고 배고프고 목마른 것을 모르고 지 냈다. 또 네 오라비가 갇혀 죽게 되었을 때 내가 어여삐 여겨 음식이며 입 을 것을 주어 살아나는 은혜를 입었다. 이제 네가 나를 속여 글월을 보내 달라고 보채기에 나도 사람이라 어른께서 서러워하심이 너무 보기 딱하여 한 번 기쁘게 해드리고자 하였더니 네가 마마를 배반한 것은 고사하고라 도 어찌 나까지 저버리느냐?"

중환이 땅에 데굴데굴 뒹굴고 가슴을 두드리며 손뼉을 쳐서 맹세하기 를,

"내가 고하였다면 얼마 전에 죽은 내 어미의 시체를 파헤쳐서 회를 해서 먹어도 좋소이다."

하고 어찌나 구르며 우는지, 다들 그 정경을 보고 억울한 경우를 당하는 것으로 여겼다 한다.

중환이가 문 사이로 세간을 몰래 빼돌리느라고 밤새 드나들 때 색장나 인의 시종이 보았는데 혹여 그가 소문을 낼까 두려워 언제나 벼르다가 아 무런 죄도 없는 그를 이 틈에 잡아 내갔다.

궁인들이 중환이로부터 시작하여 음덕이, 부진이 셋을 잡아내어 갈 때

중환이는 얼굴에 기쁜 빛이 있었고, 다른 두 하인은 궁인들이 어서 나오라 소리지르니 울부짖으며 나갔다.

중환이는 고한 사람이라 하여 어여삐 여겨 죄인으로 다루지 않고 가마에 태워서 추국청에 데려다가 앉혀 두고 미리 서로 짜놓았던 말로 물으니, 담당하는 관원인 빗아치[係員]에게 미리 알려두었던 것이다. 종적 없는 거짓말을 다 써넣어, 문 상궁이 애일이에게 보낸 글이며 강화도로 보낸 글월에 고쳐 덧붙였다. 애일이에게 보낸 글에는 대비께서 형체도 없고 의미도 없는 말을 지어내어 명나라 장수에게 고하여 닫힌 궐문을 어서 열도록 해달라고 한다는 것과 강화로 보낸 글에는 대군 아기씨를 잘 길러서 명나라의 사신이 와 궐문을 열거든 고이 모셔 오라는 등의 말도 안 되는 말을 교묘히 적어 넣어 추국청에 내보인 것이다.

중환에게 심문하기를,

"여기 쓰인 것이 맞느냐?" 하였다.

"다 맞습니다. 대군 계셨던 집에서는 고사를 지냈다고 합니다."

"그 말이 과연 맞느냐? 네 분명히 아느냐?"

"압니다."

"누구를 위하여 빌더냐?"

"대전께서 죽으라고 빌었습니다."

"어떻게 빌더냐?"

"향로를 피우고 향합을 놓고 과자, 떡, 과일을 놓고 꽃다발을 만들어 목욕재계한 후 정성을 다해 빌었습니다."

"네가 보았느냐?" 하니,

"보았습니다." 하였다.

그 모든 일을 마치 자기가 직접 본 듯이 일러바쳤던 것이다.

안에서 추국하는 일을 마루 밑에서 들을까 봐 측량 없는 거짓말을 하느라고 문사랑청이 겨우 알아듣게 소리를 작게 하였다.

중환이가 그 전에 조금이라도 혐의 있는 사람들은 모두 일러바치니, 이름 오른 사람은 몸에 식은땀을 흘리며 앉으나 서나 두려움을 이기지 못하여 떨고 발을 옮겨 딛지 못하니 곁에서 보기에 남의 일 같지 않았다.

그 틈에 앉아서 귀기울여 듣다가 이름을 부를 때에 자기 이름이 불려지지 않으면 조금 더 살겠구나 하고 생각하였다.

온 궁 안이 새삼 요란하고 떠들썩하니 나인들은 차비문에 가 대령하여 기다리고 있고, 밖에서는 문 상궁의 오라비와 조카, 종 남녀 네 사람과 아울러 어미까지 극형에 처하고 애일에게는 사약을 내려 죽였다.

문 틈으로 소식을 전하던 시녀 최씨와 최씨 아비 최수일, 그리고 중환이와 중환이의 오라비가 서로 통할 때 그 광경을 본 서응상 부부와 문 아래에 와서 앉았던 서리[書吏]를 다시 옥사(獄事)를 만들어 벌하였다. 이때 사람을 죽임이 더욱 심하였는데 갑인년 이월 음력 보름이 지나서 문 상궁과 차비문 종 영화, 색장나인의 시종을 잡아가고, 이십 일 후에는 공주의 보모상궁 권씨와 시녀 최씨와 차비문 종 춘향이, 대군을 모시던 춘단이와 천금이를 잡아내다가 옷을 갈아입으라고 하니, 저들이 어린아이처럼 섰으니 다른 사람이 얻어 입혀서 내보냈다.

"시간을 지체하면 겹겹이 내관을 내어 어서 잡아들여라. 모두 잡아 하옥하여라."

하며, 사람의 발이 땅에 닿지 아니할 정도로 몹시 서둘러 헤매니 곡성이 천지를 진동하였다.

의녀 대여섯이 침실에 들어와,

"어서 내놓으라."

하며 보채고, 차비문 안에는 내관이 들어와,

"어서 내놓으라,"

하고 보채니 궁중이 어수선하여 어찌 귀하고 천함을 따질 경황이 있었겠는가.

색장나인을 모조리 다 잡아내었다.

"어찌하여 죄인 잡기가 이리 더디냐?"

하고 몹시 위협을 하니, 뛰어 달아나다가 집안 뒷간에 숨기도 하고 마루 아래에 숨기도 하였더니 내관이,

"감찰상궁은 색장상궁을 모두 잡아내라." 하는 것이었다.

대비전 나인들이,

"죽으러 가옵나이다. 마지막 죽으러 가는 마당에 감히 부탁하오니 한 번만 눈감아 주시오."

하며 의녀에게 비는 사이에,

"어서 끌어내라."

하니, 의녀도 두려운 생각이 드는지,

"어디를 올라가느냐?"

하며 뒤에서 덤벼들어 머리를 끌어당겨서 고개가 뒤로 젖혀졌다. 나인들이 소리지르며 울기를,

"어찌 이리도 함부로 하느냐? 윗전을 모시는 시녀가 의녀 따위에게 머리채를 잡힐 줄을 어이 짐작이나 하였을까." 하였다.

모두 의녀를 꾸짖으니,

"우리를 모두 죽이려고 하니 어찌 쉽게 잡아내지 않겠는가?" 하였다.

이렇게 핍박하고 욕을 입힌 것이 한두 번뿐이겠는가.

"비록 자식이 없는 아녀자의 몸이나 대비께서 억울하신 일을 당하고 계시니 아무리 극형을 당하여 만 가지로 다스리고 보챈다 하여도 거짓 자백은 하지 않을 것입니다. 살고자 하는 마음이 어찌 없겠습니까마는 대비마마가 서러운 일을 당하셔서 종에게도 억울한 일이 미쳤으니 이 서러움은 하늘이 반드시 아실 것이니 죽는 것을 좋은 곳에 돌아감으로 알고 죽으려고 하옵니다."

하고 의녀들에게 몰려 차비문으로 나가니, 나장이며 금부도사들이 와서 기다리고 있다가 몰아갔다.

저들은 사람을 잡아낼 적이면 더욱 위엄을 부리며 내관부터 죄이고 잡아 내갔다.

최씨 여옥이 경술년에 들어 시녀로 있었는데 용모는 곱지 아니하나 순수하고 정직하므로 침실을 돌보는 나인으로 살았다. 정성도 남의 눈에 띄게 더하고, 또 본디 용한 아이라 대비마마의 부부인 마님과 대군 아기씨

향하여 서러워하며 항상 말하기를,

"내 날개가 돋쳐 날아가 기별을 알아다 올렸으면 좋겠다."

하기도 하고, 또 말하기를,

"어떤 틈이라도 있으면 내 계집종의 차림을 하고 나가 두 곳의 안부를 알아 오련만, 담이며 문이 모두 쇠를 녹여 싼 듯 작은 구멍 하나 없으니 내 정성을 보이지 못함이 서럽다."고 하였다.

여옥이 끌려가는 날은 더욱 서러워하여 제 다리를 어루만지며 울면서 말하기를,

"어릴 때부터 부모한테도 종아리를 맞은 적이 없는데 엄한 매를 어찌 맞을까. 대비께서 억울한 일을 당하신 것이니 거짓 자백은 하지 않을 테지만 매맞을 생각을 하면 기가 막히는구나."

하더니, 듣는 사람이 불쌍히 여기되 워낙 정성이 지극한 사람이라 조금도 거짓 자백하리라 걱정하지 않았다.

여옥이 끌려나갈 때,

"저는 조금도 의심하시지 마십시오. 몸이 가루가 되어도 대비마마의 억울함을 아오니 무복¹하지 않으리라."

하더니, 추국청에 나가 자기 사정을 하소연하며 울며 말하기를,

"대비마마께서 억울한 일을 당하셔서 어린 대군과 친정댁 식구들의 생사를 알지 못하시어 밤낮으로 서러워하셨음은 사실이나 방정을 했다는 것

---

¹ **무복** 강요에 의하여 하지 않은 것을 했다고 자백하는 것.

은 억울한 일인 줄 아옵니다. 무슨 일이라도 듣고 본 일이 있으면야 이 무서운 곳에 와서 죽고자 하겠습니까? 살고자 하는 마음이야 있지만 보고 들은 일이 티끌만큼도 없습니다. 엄한 형벌을 받을까 두렵다고 어찌 애매한 말을 하겠습니까?"

이렇게 하기를 엿새만에 내수사에 가두고 제 아비와 어미를 끌고 와 달랬다.

대전 유모의 올케가 여옥의 종이므로 그 유모가 여옥을 어여삐 여겨 항상 데려다가 보고,

"어찌 이리로 오지 못하느냐. 복이 없어 못 오느냐?"

하였더니, 이때에 중환이를 독촉하여 여옥이를 잡아다가 다른 옥에 가두어 놓고 달래며 말하기를,

"이리이리 대답하면 너를 살려 주마."

하니, 여옥이 울고 여러 날 동안 마음을 허락하지 않았다.

그러자 그 아비 어미를 데려와 밤낮으로 달래게 하였다.

"네가 앞으로도 '모르겠다'고 하면 우리를 다 죽일 것이다. 대비마마에 대한 은정도 중하겠지만 어버이의 목숨은 소중하다고 생각지 않느냐? 네가 무복을 하라 하여도 전혀 못한다 하면 이제 내가 네 앞에서 죽겠다."

이처럼 온갖 말로 허락을 받은 후에야 추국청에 나가게 하여 새로 자백을 받으니, 그 자백은 전날과 달라 흉칙한 말로 대답하기를,

"물으시는 말씀이 모두 옳습니다."

"네가 어찌 아느냐?"

"제가 다 보고 들었습니다."

하고 묻는 말이 떨어지기가 무섭게 대답하였다.

이런 일이 있는 뒤에 변 상궁은 병이 깊어 죽어 가기에 궐 밖으로 놓여
났다. 여옥이는 풀려 나와 평안히 살고 있는 터라, 하루는 상궁을 보러 와
서 자신의 곡절을 넌지시 말하니,

"어버이들이 하도 보채기에 하는 수 없이 무복을 하였으나 후일에 멸족
을 당할 화를 스스로 저지르고 살아났으니, 내 죄가 태산 같아 죽고자 하
였지만 목숨이 모질어 아직 죽지 못하였습니다. 대비마마를 속여 거짓말
로 목숨을 부지하였으니 무슨 면목으로 보겠습니까? 없는 말을 하여 거짓
자백을 하였으니 죽이시더라도 원망하지 않겠습니다."하며 울던 것이다.

상궁 중에 난이라는 사람은 임진년에 시녀로 들어와 의인왕후께서 살아
생전에 침실나인으로 있었는데, 제 인품이 똑똑하지 못하여 남들이 하는
상궁벼슬도 못하고 있었다. 이로 인해 늘 선왕마마를 위시하여 원망만 하
다가 무신년 이후 승하하신 후에야 겨우 상궁이 되었다.

이 사람이 매우 간사하고 교만 방자하여 대비께서 환난을 당하지 않으
셨을 때는 대군과 공주 아기씨를 대할 때 정성을 다 보이더니, 계축년에
이르러 대비께서 환난을 당하시자 대비마마를 향해 불측한 원망을 하고,
제 동생과 조카를 시녀로 끌어들여 동궁전과 대전에 머물게 하여 궐내의
권세를 누렸다. 난이 세도를 얻어 방자함이 나날이 심해지고 그 즐거워하
는 마음을 공연히 나타내니 보는 사람들이 원통하고 분해하는 마음이 그
지없었지만 그가 두려워 아무 말도 못하고 있었다.

하루는 난이가 말하기를,

"대전께 돈이나 재물을 많이 드렸던들 이런 일을 당했을까? 세자 가례를 올릴 때 많은 세간을 내린 일은 있지만, 상궁이나 시녀들에게 재물을 주셨던들 이런 일이 있었을까? 선왕과 대비께서 대전과 내전으로 계실 때 시녀와 상궁들에게 상으로 재물을 많이 주시지 않으시니 공주며 대군을 데리고 고이 사실 수 있는지 두고 보자고 벼른 일이 있더니 이제 이런 일이 일어나는구나."

하며 또 말하기를,

"의인마마께서 살아 계셨을 때도 세자께선 효성이 없고 어질지 못하였다. 의인마마께서 말씀하시기를 '정유년 왜란 때 수원으로 피하실 때 세자가 어가를 따라와 강을 건너게 되자, 세자가 재촉하여 세자빈과 자기는 먼저 물을 건너 의막(依幕)[2]에 들어가 앉고 나는 돌아보지도 않아 시위한 내관이 아무리 소리치며 배를 가져오라고 하여도 배는 보내지 않았다. 모두들 위엄을 가진 세자만 위하고 나는 생각도 하지 않아 세자는 초저녁에 강을 건넜지만 나는 자정에야 겨우 건넜으니 날이 찬데 밤은 깊어 이슬과 서리를 맞아 추위를 견디기가 어려웠다. 세자의 효성이 지극하면 어찌 감히 부왕의 정실인 나에 대하여 그리 대접하겠느냐. 하물며 제 어미, 공빈이 일찍 죽어 내가 길러 아들로 삼았으니 모자간의 정이 아주 없을 리 없건마는 본디 사람이 효심이나 정성이 부족하니 가히 알만 하지 않겠느냐' 이렇

---

2. **의막(依幕)** 임시로 거처하게 만든 곳.

게 말씀하시더니 이제 저렇게 모진 일을 하니 사납기가 끝이 없구나."

난이 이렇듯 저들이 못된 것을 알지만 아첨을 하느라 중환이와 한 패가 되어 대비전의 기물을 거리낌없이 밤낮으로 **빼돌리고** 대군이 피접 가 있는 곳의 물건들도 마구 **빼돌려** 제 종과 종환이와 마음을 합하여 잠긴 문을 열고 세간을 훔쳐서 밤이 되면 난의 아우 꽃향에게로 가지고 가니 아우가 형을 책망하여 이르기를,

"내 좁은 소견으로는 상전들의 사이가 서로 좋지 못하시기로 종 된 도리로 배반한다는 것은 못할 노릇이라 생각되오. 남이라 할지라도 내통하는 일이 없어야 할 것인데 하물며 대비마마의 세간을 훔쳐서 내게 보내다니 옳지 않소이다. 다시는 내게 보내지 마오."

형이 노하여 말하되,

"동기간에 서로 구해 주지 않는다면 하물며 남이야 말해 무엇하겠느냐? 대비께서는 부부인 마님과 대군 아기씨를 위하여 밤낮 우시기만 하고 죽으려고 하시니 세간을 둔들 무슨 소용이 있겠느냐? 더욱이 대군의 세간은 궐내에 두어서 어디에 쓰겠느냐? 소용없다 하시며 종들에게 나눠주신 것이니 잔말 말고 받아 두었다가 나를 내보내 주시면 그때 가지고 살게 잘 간수하여라."

이렇게 말하며, 비단 필이며 은그릇을 모조리 훔쳐내었다. 또한 대군의 보모 김 상궁을 사귀어 죽지 않게 해줄 것이니 재물을 많이 준다면 동생에게 일러 살려 주겠다고 약속하였던 것이니, 김 상궁이 살기를 탐내어 온갖 것을 다 내주었다.

이들이 사잇문으로 통해 다니는 것을 알고 원통하고 분함을 참지 못하여 사람을 모아 밤에 순찰을 돌았더니, 하루는 담장을 넘다 들켜 잡혔는데 중환이 오히려,

"누가 감히 우리를 잡으려 한단 말이냐? 너희들이 우리를 막았다가는 삼족이 멸하는 화를 당하게 할 것이다."

하고 소리를 지르며 큰 열쇠를 둘러메고 마구 치니 무서워 굴러서 도망가 버렸다.

이때 중환이와 난이의 기세가 등등하여 모두 밉보일까 두려워했던 것이다. 난이는 시녀와 상궁을 달래고 중환이는 하인들을 달래면서,

"이해 동짓달로 택일을 하였으니 그쪽 전의 나인과 상궁 및 하인을 다 데려가고 대비마마는 새로 아이 두엇만 붙여 드려 물시중이나 들게 하다가 힘이 다하면 저절로 돌아가시도록 하려 한다."

하니, 모두들 듣고 울며 서러워하면서도,

"좋은 곳에 가서 살 수 있겠구나."

라고 하는 이도 있고,

"내 상전을 여의고 남의 전에 가서 차마 어찌 살 수 있겠는가. 안 가고 죽고 싶으나 죽으면 또 어버이를 괴롭게 할 것이니 어떻게 하면 좋겠는가."

라고 하며 우는 사람도 있었다.

대군을 데려갈 때처럼 핍박하여 데려가면 하직인사도 못하고 제 물건도 챙기지 못하고 떠날 것이니 미리 챙겨 두자고들 하여 머리를 빗고 옷 보따

리를 옆에 놓고 동짓달 보름날을 기다리고 있었다.

대개 거짓말이 아니라고 계교를 꾸밀 때는 꼭꼭 말대로 들어맞더니 이 번만은 데려가질 않았다. 그러면서 또 말하기를,

"죽은 나인들의 세간은 죄인의 것이니, 다 가져가라 하였지만 손대지 말고 그대로 놓아두어라."

이렇게 말하니 제 종이 치워 둔 것도 꺼내 입지를 못하였다.

상전께서 나인들을 불러 말씀하시되,

"앞뒤로 있던 나인들이 나를 위하여 원통하게 죽었으니 그 참혹함을 무엇으로 다 말하겠는가. 그들에게는 멀던지 가깝던지 일가 친척이 남아 있을 것이니, 그들의 물건을 간수할 사람이 있을 것이다. 훗날 궐문을 열면 그들에게 무엇으로 보답하리. 그들의 물건이나마 잘 간수하였다가 줄 것이니 일일이 헤아려 장부에 적고 창고를 잠가 간수하도록 하여라."

하시기에 그렇게 하였더니 중환이 말하기를,

"그리도 살려고 기를 쓰시며 죽은 사람의 세간까지 간수하라고 하시는가?"

하고 세간을 지키는 사람을 몹시도 미워하였다.

난이는 대군의 세간살이를 다 가져간 뒤에는 제 몸을 보전하느라고 나가려고 하였다.

한데 어찌된 일인지 계축년 겨울이 다 되었건만 부르지 않으므로 난이는 날마다 흉을 보며 말하되,

"나를 중전의 침실상궁 삼겠다고 하더니, 어찌 지금까지도 데려가지 않

는가. 그러기에 대전을 소같이 미련하다고들 하지. 의인마마께서 대전이 사람 같지 않아서 효성이 없다고 하셨다더니 정말 그렇지 않은가."

이렇게 말하며,

"대비는 대군을 낳으시고도 특별한 체하여 그 자리를 지키지 못하였으니 이런 서러운 일을 당해도 모두가 당신의 탓이겠지만, 나는 무슨 일로 이렇게 들볶이며 사는가. 동생과 조카는 저희들만 잘 살고 나는 똥구덩이에 빠뜨려 놓은 채 구해 주지 않다니. 조금이라도 아주머니를 생각해 주는 게 있단 말인가."

하며, 하도 악을 쓰니 어느 나인이 듣다못해 말하기를,

"내보내 주지 않는 것은 잘못이지만, 상궁이 여기서 산 지가 삼십 년이고 이런 시절에 대군을 피접 나가시게 한 것도 잘못이거니와, 대비께서 당신께서 서럽게 되었다고 남을 잡혀 있게 하고 싶으실까? 원수를 만났으니 나인이야 죽으면 죽고 살면 사는 것이지 무슨 귀한 목숨이라고 상전을 원망하는가?"

난이 이 말을 듣자 크게 노하여,

"너희들은 상전의 은혜를 두둑이 입어 원망하지 않겠지만 나는 입은 은혜라고는 조금도 없다."

하고 소리치며 바락바락 악을 썼다.

또한 죽은 김 상궁을 앉으나 서나 어딜 가나 밤낮으로 욕하기를,

"임진란 때에 선왕마마를 모시고 호종하였다는 단지 그 이유로 삼십도 되지 않아 제가 먼저 상궁이 됐다고 뻐기고, 나는 호종하지 않았다고 상궁

으로 올리라고 위께 여쭈어 주지도 않더니, 죽으러 갈 때는 제법 착한 체를 하더구나. 잘 죽었지 뭐냐!"

하면서, 대비마마의 침실 창 밑에 앉아서 큰 소리로 떠들기를,

"김 상궁만 사람으로 여기시고 온갖 일을 다 하다가 저리 되셨는데, 지금도 김 상궁을 어여삐 생각하시는 겐가?"

하기에, 어느 나인이 대답하되,

"김씨가 본디 생각이 곧고 충성심이 강하여 마마를 위해 힘썼으며, 대비전과 대전 사이를 화목하게 만들고자 애쓰다가, 사이에 간사한 무리가 많이 날뛰어 일이 이리 되어 대비께서 서럽게 되신 것이네. 자네가 상궁이 못 되어서 김 상궁이 죽었을까? 자네는 대비마마를 향하여 불온한 말을 지껄이니 위아래 구분도 없는가? 입이 있다고 아무 말이나 다 할 수 있단 말인가? 우리들이 참지 못할 일이 많았지만 자네의 세도가 하도 당당하기에 무서워서 누가 말을 할까. 똥구덩이 속에 머물러 있지 말고 중전상궁이나 되어 속히 이곳에서 떠나시게."하니,

"어찌되었든 데리러만 온다면야 걱정하지 않는다. 무엇 못 잊을 게 있다고 뒤를 돌아보고, 붙잡는다고 있을 성싶으냐?"

하고 말하더니, 갑인년 봄이 되니 중궁전으로 내갔던 것이다.

나갈 때는 분을 바르고 자줏빛 장옷을 입고 나가는데, 다른 나인들이 말하기를,

"오래 살다가 하직인사도 드리지 않고 가는 것은 아랫것의 도리가 아니다."

하니, 할 말을 실컷 다 한 뒤에 장옷을 입은 채 대비전으로 왔다.

"장옷은 벗어라. 어전에서도 감히 이렇게 장옷을 입겠느냐?"

이렇게 말하니,

"여기가 무슨 어전인가? 설사 어전이라 하더라도 언제 벗었다 또 입고 가겠는가."

하고는 장옷을 입은 채로 하직인사를 하러 들어갔다.

평상시에도 전부터 있던 나인들은 다 물로 세수만 하고 낡은 옷으로 부원군의 상복을 입고 있었는데 난이는,

"나는 대비전의 종이 아니다."

이렇게 말하고는 분을 바르고 다녔다.

다른 나인이 난이에게 말하기를,

"동생이 동궁전 침실에 있으니 내관이 보면 아무개의 동생이라고 핀잔을 줄 것이니 누구의 눈에 띄더라도 근신하여 남의 입에 오르내리지 않도록 하시게."하였다.

난이는 평교자에 태우고 좋은 말을 태워서 데려가 대궐에 들어가 살게 하였다.

대군 아기씨를 없앴다는 소문도 들리지 않던 차에 누가 꿈을 꾸니 대군 아기씨만 혼자 들어와 계시다가 우시면서,

"저들은 나를 죽였지만 나는 인간 세상을 아무 거리낌없이 버리고 좋은 곳에 와 있으니 죽은 것이 오히려 시원할 지경이다. 형님 되시는 분도 인간 세상에서 슬프게 죽은 일을 내 다 알고 있다. 나는 이곳에서 당나라 팔

선 중의 하나인 여동빈(呂洞賓), 송나라 충신 문천상(文天祥), 당나라 시인 백낙천(白樂天), 신라의 최치원(崔致遠), 거복사의 주지와 함께 놀기도 한다."하시면서,

"그 세상에도 그런 사람들이 있는가? 내가 있는 곳은 부처의 땅이고 그들이 있는 곳은 신선이 사는 땅이라 벗으로 사귀어 노는 것이지 늘 함께 있는 것은 아니다."하시고 또,

"어마마마께 너무 슬퍼하지 마시라고 여쭈어라."하시기에,

"어찌 친히 들어가셔서 여쭙지를 않으십니까?"

"나를 그리워하셔서 항상 우시는데 내가 들어가 뵈면 더욱 슬퍼하실 것이니 들어가지 않겠다."

하시며 울고 가셨다고 한다.

갑인년 3월에 저들이 내관을 보내어 변 상궁에게 이르기를,

"너희들이 사심 없이 대비마마를 모시고 평안히 살아야 하거늘, 대군으로 임금을 삼으려고 도적떼를 사귀고 안으로는 방정을 하였다. 그리하여 대군의 수명을 온전히 보존하지 못하였으니 이제 살아남은 나인은 내 말을 좇아 시키는 대로 복종해야 살아남을 수 있을 것이다. 그렇지 않고 그릇된 일이 있으면 분명히 엄벌에 처할 것이니 그리 알아라. 대군을 처음에는 한양에 두었더니 조정에서 죄인을 성안에 두는 것이 불가하다 하여 그대로 두지 못하고 강화도로 좋게 옮겼다. 그랬더니 제가 박명하여 복이 과했던지 옮긴 지 오래지 않아 죽었으니 죄인의 죽음은 돌아보지 않는 법이라 하여 조정에서는 내버려 두라 하였지만 형제지간의 정의를 생각하여

해사(海司)로 하여금 비단 요자리와 관곽(棺槨)³을 갖추어 극진히 안장하였다. 이제 대비께서 아시더라도 서러워하실 리 없겠지만 한양에서 강화도로 옮길 때 알지를 못하셨으니, 제 명에 죽었지만 내가 죽였다고 오해하실 게 분명하니 천천히 아시게 하여라. 만일 이 일을 바로 여쭌다면 너희들을 잡아다 옥에 가두고 삼족을 멸할 것이니 너희들만 알고 있다가 때를 보아 너그럽게 생각하시도록 하면 아무런 후환이 없을 것이다. 틈틈이 앉아서 한숨을 쉬며 서러워한다는 말이 들리기만 하면 내 법대로 다스릴 것이니 그리 알아라."

이에 변 상궁이 대답하기를,

"전교⁴대로 하겠습니다. 하나 잠시도 울음을 그치지 않으실 뿐더러 목도 매시고 자결도 하시려고 시중드는 이가 없기만을 기다리십니다. 젊은것들과 늙은 나인들이 모두 죽어 이 무지몽매한 것이 작은 어린것들만 데리고 밤낮을 떠나지 않고 모시고 있으나 사람의 목숨은 따로 마련된 것이 없으니 한 해가 지나고 두 해째 봄이 되도록 죽과 미음을 통 드시질 않으니 만일에 세상을 뜨신다 하여도 어찌 종의 탓이겠습니까? 모시고 있지만 두려운 마음으로 말할 것 같으면 양쪽이 다 어렵사오니 차라리 죽어 좋은 넋이라도 될까 하나이다." 하였다.

이튿날에 또 와서 말하되,

"네가 비록 죽고 싶다고 하였으나 죄가 없어서 죽이질 않은 것이 아니

---

³· **관곽(棺槨)** 시체를 넣은 속널과 겉널.

⁴· **전교** 임금이 내리는 명령.

다. 대비를 오랫동안 받들어 모셨으므로 죽이지 않은 것이니, 수라를 자주 권하여 드시도록 하고 서러워 울지 마시도록 하여라."

하거늘 대답하기를,

"속담에 이르기를 서너 살 먹은 아이도 제 하는 일을 못하게 하면 좋아하지 않고, 오직 뜻대로 하여야 울음을 그치는 법이라 하였습니다. 하물며 대비께서는 남에게 없는 서러움을 당하셔서 밤낮 애통의 울음소리가 그치지 않으시고 두 해가 되도록 어머님과 아기씨의 생사를 알지 못하셔서 마치 가슴에 불이라도 붙으신 듯, 햇볕 비치는 양지에 내놓은 물고기가 뛰는 듯 헤매시며 밤낮을 가리지 않고 우시며 냉수와 얼음만 드시니 수라는 더욱 권해 드릴 길이 없습니다. 이따금 위로하여 여쭙기를 대전께서 죽이나 미음을 자주 권하여 잡숫게 하라는 전교가 자주 오신다 하였사옵니다. 망극한 중에도 또한 모자의 정을 차리시니 어찌 감동하지 않겠습니까? 하루살이 미천한 몸이나 목숨을 보존해 주시는 은혜를 입었사옵니다."

대비께 전교를 전하니,

"대전이 오시기를 하느냐, 나를 어미라고 하시기를 하느냐? 누가 내게 국모라고 하겠느냐? 너희들 다 물러가라. 나 혼자서 울다 지치면 죽겠다. 권하는 말이 더욱 듣기가 싫구나."

이렇게 말씀하시니 더 권하지는 못하였다.

대군이 돌아가셨다는 말을 듣고, 시중드는 나인들의 서러움이 태산 같이 높으나 날마다 찾아와 괴롭히니 어찌 소리 내어 울 수 있겠는가. 가슴을 치며 원통해 할 따름이었다.

4월이 되도록 대군이 돌아가셨다는 말을 여쭙지 않았더니 대비께서 먼저 꿈을 꾸시니, 두 젖이 흐르고 모든 사람들이 아기씨를 안다가 대비께 안겨드리니 대비께서 우시며 반기시며 젖을 먹이시다 깨셔서 꿈이었다는 걸 깨달으시고,

"마음이 다시금 놀랍고 온몸이 떨려서 지금은 얼른 진정을 할 수 없구나, 어찌하여 이런 꿈을 꾸었을까?"

하시기에, 곁에 모시던 나인이 대답 드리기를,

"젖은 아이의 생명줄이니 아기씨께서 장수하셔서 대전의 마음을 자연히 풀어지게 하시고, 서로 만나실 상서로운 꿈입니다." 하였다.

그 후 괴이하게도 꿈에 아기씨께서 대비께 안기시며 말하시되,

"머리 빗을 동안에 하늘의 옥경(玉京)을 보니 인간의 복과 운명이 다 하늘에서 하시기에 달린 것을 알았습니다. 어마마마께서 저를 보지 못하시어 서러워하시나 소자는 옥황상제를 뵙고 있습니다."

하고 우시니 대비께서 아기씨를 붙들고,

"어디를 갔느냐? 나는 너를 보내고 서러워 죽고 싶은데 너는 어찌하여 간 곳도 일러주지 않느냐?" 하시니,

"아셔도 아무 소용이 없사옵니다."

하고 가시니, 이 어찌 평범한 꿈이겠는가?

"대군을 죽이고도 나를 속이는가 싶으니 바른 대로 일러주면 좋으려니와 그렇지 않으면 이 서러움을 참지 못하여 바로 죽어 대군한테 갈 것이다."

하며 하도 보채시니 상궁이 서러움을 참지 못하여 말씀을 올렸다.

"눈물이 흘러 옷깃을 적시니 어찌 이 서러움을 참을 것이며, 철석같은 마음이라도 어찌 참을 수 있겠습니까. 안부를 전하시려다 못 하시니 이렇게 꿈에 나타나 알리시는가 봅니다. 소인들이 감히 마마를 속이려 하였으나 아기씨께서 영특하시어 꿈에 나타나시니, 인간은 속일 수 있으나 신령은 속이지 못하는가 합니다."

이 말을 들은 대비께서 졸도하시어 죽은 듯이 누워 계셨다. 가까스로 냉수로 깨워 여쭈기를,

"아기씨는 벌써 범의 입에 들어가는 것을 면치 못하셨습니다. 이제 아무리 애간장을 태우시고 서러워하셔도 살아 돌아오실 리 없사옵니다. 또한 병드신 부부인 마님과 동생님들께서 어린 자손들 데리고 의지할 곳 없이 마마를 다시 보고자 하는 일념으로 살아 오고 계십니다. 아가씨를 위하여 옥체를 버리시면 저들은 더욱 기뻐하며, 대비께서 마음으로 흉한 일을 하셔서 방정을 일삼다가 그 일이 발각나자 스스로 목숨을 끊으셨다고 역사책에 기록할 것이며 악명을 싣게 될 것입니다. 마마께서 먼저 돌아가시면 온갖 나쁜 일을 마마께서 하셨다고 이를 것이니, 서러움을 참으시고 조금만 견디소서. 소인인들 어찌 탄식하지 않고 한숨이 나지 않으며 잔인하다는 생각이 들지 않겠습니까? 예전 좋은 시절에는 존귀하게 마마를 모시고 살다가 이제는 이 늙은 나인이 초야에서 김매는 하인만도 못한 신세가 되었으니, 해골이 거리에 구르고 금부나장에게 몰려서, 선왕마마를 가깝게 모시던 사람이나 의인마마가 가례 올릴 적에 있던 사람들도 모두 중형을 받아 죽었으니 불쌍하고 애처롭기 그지없습니다. 차라리 죽어서 이런 모

든 끔찍한 이야기를 듣지 말았으면 하오나 마마를 생각하고 오늘날까지 살아온 것인데 이제 마마께서 돌아가시면 저들이 소인들을 살려두겠습니까? 저들이 새로 옥사를 일으킬 것이오니 아기씨 한 분을 위하여 이제 남은 불쌍한 신하들을 저버리지 마옵소서."하니,

"난들 그런 일을 헤아릴 줄 모르겠느냐, 다만 동서도 분별치 못하는 어린아이가 슬하에서 자라는 양이나 보려고 하였더니 힘으로 빼앗아 가서 간 곳도 일러주지 않다가 죽였으니 애를 끊는 듯, 살을 베어내는 듯, 그 설움을 참지 못하겠다. 어머님, 내 탓으로 서럽게 죽은 동생들을 생각하니 이제 죽어 저승에 가도 아버지와 형제들도 반가이 뵐 수가 없어 부끄럽고 외로운 넋이 될 것입니다. 참아야 할 일이 많아 죽지 못하나 내, 저와 무슨 원수를 지었기에 이렇듯 서러운 일을 겪게 하는고. 지은 죄가 없으니 서러움은 받겠으나 이는 선왕께 하는 것과 같으니 한갓 나만 미워서 하는 일이라고는 볼 수 없구나. 선왕께서 사랑하지 않으셨던 원한을 나한테 와서 푸는 것이니, 이 원한을 나 하나에만 풀지 않고 내 친정 가문과 어린 대군을 모두 죽였으니 어찌 단순히 서럽다고만 하겠느냐? 앞으로 다시 태어나도 이런 땅에 태어나지 않을 것이다. 궐문을 열어 주거든 노모의 안부나 알려다오."

문안 온 내관더러 이렇게 말씀하셨지만 들은 체도 아니하였다.

봄이 지나 여름이 가고 가을이 되었더니 나인들이 종기가 생겨 앓고 있어,

"약이나 지어 먹여 주도록 하오."

하고 부탁하였으나 들은 체도 하지 않았다.

　늙은 상궁 중에 변 상궁만 남았으니 모든 나인들이 그를 어미 믿듯이 하고 대비께서도 그만을 믿고 계셨다. 한데 변 상궁마저 앓아 누우니 대비께서 더욱 망극히 여기시어 어떻게 해서든지 살려 보려고 갖가지 약으로 병구완을 하셨으나 나이가 이미 많았고 마음 고생을 많이 하여 열이 오르니 살 길이 없게 되었다.

　"갖은 수를 썼으나 소용없고 나인의 병이 중하니 내보내 주시오. 살릴 방도가 없소."

　여러 번 간청 드렸건만 들은 체도 하지 않다가, 다시금 청하니,

　"무슨 일을 꾸미려고 거짓으로 탈이 났다 하여 나인을 내보내려고 하는가?"

하니, 두려워 더 아무 말도 못하였다.

　하나 상궁의 병세가 수상하여 다시 나을 가망이 전혀 없으므로 다시 간청하니 그제서야 내보내되 별장(別將), 내금위(內禁衛)며, 대전 내관들이 모두 차비문안에 서서 의녀로 하여금 상궁의 속치마며 바지까지 뒤지게 하니 그 욕됨이 말할 수 없이 컸다. 옷 사이에 무엇이 들었는가 햇빛에 비쳐 보고 신고 있던 신발을 다 떨어보고 머리 짚어 보며 내관이 말하기를,

　"대전 전교가 없으니 별장과 내금위장들은 모두 나서서 샅샅이 뒤져보아라. 혹여 글월을 품고 나가거나 품안에 감추고 가는가 하여 대비전을 믿지 못하시고 별장을 보내신 것이니 대충 보았다가 나중에 큰 일을 내지 말고 샅샅이 뒤져보아라." 하였다.

그 말에 거기 있던 사람들이 상궁을 껴안고 샅샅이 살펴보았다.

"아무것도 없다."

하니, 그제서야,

"동생이 들어와 데려가라." 하였다.

비록 병이 중하여 정신을 잃고 있을망정 그 욕보임이 크니 웬만한 병이었으면 차마 나갈 수도 없을 판국이었다.

모든 나인이 울며 빌기를,

"병이 중하여 구하지 못할 사람이 나가는데 무엇을 가져갈 것이라고 저리 심히 뒤지는가? 죽으러 가는 나인인데 도리어 병을 얻어 나가는구나. 의녀를 시켜 뒤지게 하니 부끄러움과 욕됨을 이루 말로 할 수 없구나. 나인이야 평민이라 괜찮다지만 대비마마의 체모를 조금이라도 생각한다면 어찌 저러는가?"

하니, 내관이 대답하기를,

"우리에게 그런 말을 해봐야 소용없네. 우리도 죽는 것이 두려워 이리 하는 것일세." 하는 것이다.

변 상궁이 궁 밖으로 나간 지 오랜 시일이 지난 뒤에 대비께서 병세가 좋아졌거든 들여보내 달라고 청을 드렸으나 대답도 아니하였다.

변 상궁은 9월에 나가고 전에 감찰상궁으로 다니던 천복이를 대비전에 들여보냈다. 천복이는 내전에서 하옥하였다가 10월 20일에 은덕의 조카를 양자로 들여 주고, 어떤 흉측한 일을 꾸밀 생각으로 잘 구슬러 풀어 주고 대비전에 들였던 것이다.

이 사람이 원래 성질이 미욱하고 융통성이 없어 나이 육십에 이르도록 자식이 전혀 없었다. 얼굴 생김이 괴상하여 그 모습이 등유 칠한 것 같이 검고 언문 한자도 제대로 쓰지 못하며, 의인왕후 때부터 자기가 높은 자리에 오르지 못함을 늘 원망스럽게 여기고 있었다.

이때도 제 소임을 맡지 못하여 너무도 서러워한다는 이야기를 대비께서 들으시고,

"제 행실이 용하지 못한 줄은 모르고 나이가 많도록 힘든 일만 하고 어렵게 지낸다니 그도 사람이라 불쌍하구나."

하시며 감찰상궁을 시켜 주었는데 양전(兩殿)에 서로 문안 인사 드리러 다닌답시고 아침에 문안 가서 한낮이 되어야 돌아오고, 또 저녁나절이 되어야 돌아오기도 하였던 것이다.

은덕이와 개시와 날이 저무는 줄 모르고 어울려 그 곁에서 세월을 보냈던 것이다.

은덕이가,

"대군 아기씨가 남과 달라 자라면 큰 사람이 될 것이다."

하니, 천복이가 이르기를,

"아무리 슬기롭다한들 얼마나 오래 사나 두고 봅시다." 하더란다.

이런 사람을 들여보냈건만 아무런 사정도 모르시니 마음이 더없이 너그러운 어른이셨거니와 천복이 들어와 인사도 제대로 하지 않고 다짜고짜 묻기를,

"대비마마 어디 계신가? 올라가 왔다고 일러 주시오."

"아무 데 계시거니와 잠시 기다렸다 가시오."

하니 대답하기를,

"대전에서 일부러 보내시며, '변 상궁이 병들어 나갔으니 네가 대비마마의 곁에서 모시어라' 하셔서 왔으니 얼른 들어가게 해주시오."

"무엇이 그리 바쁠꼬? 아주 들어왔으면 더욱 마음 든든한 일이니 물러가 쉬시오."

"내가 기뻐서 온 줄 아시오? 싫어서 마다하는데 대전, 내전 두 마마께서 '네가 들어가야 모시기를 잘할 것이다. 들어가지 않으면 중벌을 내리리라' 하셔서 온 것이지 좋아서 온 줄 아시오?"

말이 이처럼 악하니 처음부터 싫고 미운 생각이 들었다.

즉시 안으로 들어가 침실의 지게문을 열고 들어가 바로 앉으면서 여쭙기를,

"대전, 내전께서 소인을 일부러 불러다가 '네가 친히 모시되 옥체를 만지며 모셔라' 하셔서 찾아 왔나이다."

하니, 대비께서 몹시 괘씸하게 여기셔서 대답도 하지 아니하시니, 하다 못하여 나와 모든 하인들에게 말하기를,

"저것이 왜 왔나 하고 미워하지 마라. 마음내켜 온 것이 아니니 모두 싫게 여기지 마라."

하기에 대답하기를,

"대비께서는 마음이 괴로우셔서 언제나 슬피 울기만 하시는데, 변 상궁이 있을 때는 위로하여 모든 아이들을 거느리시더니, 이제 밖으로 나가시

어 원망스럽기 비길 데 없었습니다. 어떤 상궁이 오시든 싫어할 까닭이 있겠습니까? 닫힌 문 열기를 성원하여 주십시오." 했다.

이에 대답하기를,

"대전, 내전께서 보내어 모셔라 하셔서 온 것이니 나로서는 그 대답을 할 수 없다. '나라 사람을 시켜 밥을 지어먹고, 옷 지어 줄 사람이 없거든 시녀를 시켜서 지어 입고 , 옷감이 없으면 대비마마께 여쭈어 옷감 주소서 하여 입고, 조금이라도 네 말을 듣지 않으면 문안내관에게 일러 서계[5]를 쓰게 하고 그른 일이 있으면 내수사로 잡아내어 벌을 줄 것이니, 나인 중에서 월경이 있거나 병든 자가 있으면 즉시 내보내 주리' 하고 말씀하셨다."

하니, 모든 나인들이 놀라 얼굴색이 변하였다.

한 나인 이르기를,

"그렇다면 아주 좋겠지만 병들었다면 내보내신다니, 말미를 주어 내보내시는 것이야 대비전에서 하시는 것이지 마음대로 할 수 있을까?"
하니 아무 말도 하지 않고 잠잠하였다.

천복이가 들어와 여러 날이 지났으나 대비마마께서 부르지 않으시니 화가 나서 말하기를,

"사람을 부리시며 부르지 않으시는 것도 서계에 쓰라 하셨다. 푸대접한다 하시며 이렇게 박정하게 대하시니 대전을 저어하시나 보다. 내 반드시

---

[5]. **서계** 임금의 명을 받아 처리한 결과를 보고하여 올리던 문서.

서계할 것이다."

하고 어찌나 벼르는지 모시던 사람들이 대비께 여쭙기를,

"천복이 들어온 것은 불행한 일이고, 첫날 들어왔을 때부터 마음이 놓이지 아니하였습니다. 처음 묻는 말이 '침실에는 누가 드나드느냐?' 하는데 '우리들이 드나든다' 하였더니 눈을 흘기며 말하기를 대전이 즉시 소명하였고 정씨가 사설하고 운다 하니 내어다가 죽이겠노라 하시더라고 하였습니다. 들어와 하는 행동거지며 몸가짐이 괘씸하기 그지없으나 들어온 지 여러 날이 지났는데도 한 번도 부르지 않으셨으니 감히 청하옵건대 오늘 한 번 불러 보십시오."

"제 얼굴 흉하고 행동거지와 말투가 극히 괘씸하니 보기 싫지만 한 번 오라 하여 제 말을 들어 보겠다."하셨다.

천복을 부르시니 평소에 제가 대비마마를 모신 적도 없는 바, 곱지 않은 얼굴을 감히 치켜들고 바로 앉아 쳐다보기 두려운 일이지만, 아주 좋은 양하며 얼굴을 똑바로 치켜들고 번듯이 나와 앉았다. 대비께서 물으시기를,

"네 어찌하여 이리로 들어왔느냐?"

"친히 시위하라는 어명으로 왔나이다. 전지(傳旨)도 가져왔습니다."

"전지가 무엇이냐? 네 어찌 감히 내게 전지란 말을 쓰느냐?"

"소인에게 들어가 옥체도 잘 간수하고 요사한 일을 하거든 못하게 하고 서계하라 하셨습니다."

"그것은 옳은 말이 아니다. 내 아무리 위세가 꺾여 보잘것없이 되었다 하나 종 부리는 데까지 남의 말을 들을까? 며느리로서 시어머니를 타이르

는 나라가 어디 있다더냐? 나는 하는 일 없으니 네 들어와 살펴보아라. 부모, 동생이며 어린아기까지 없애고 이제 무엇이 부족하여 이곳에 가두고 용납치 못하게 하는가? 네 훗날 죄책(罪責) 입을 때 누구와 어울려서 입으려고 하느냐? 필부라 하여도 믿지 못할 행동이니 나를 서럽게 하고도 선왕의 아들이라 하여 이름을 더럽히게 될까 걱정되는구나. 내전이 정사에 참견을 하니 대전의 잘못을 잘 챙겨 일러드리고 밝혀 드리면 안 들을 리 없건만 제가 내전으로 편히 들어앉아서 대전의 잘못을 그대로 좇는구나."

하시니 천복이가 여쭙기를,

"문을 열고자 하오나 전계(傳啓)[6]를 못 얻어 못 하시니 두 분 전하(殿下)며 세자께 친히 글월을 적으셔서 소인에게 주시면 내관을 시켜 전할 것인즉 반겨 들으실 것입니다."

"전날에도 여러 번 간곡히 적어 보냈으나 한 번도 대답이 없었다. 비록 서럽기는 하나 또 빌지는 않을 것이니, 물러가라."

천복이 나와 앉아서,

"아무리 잘난 체하시며 어버이라고 빌지 않으신다 한들 대전, 내전이 어버이로 아실까? 절대 그리 생각지 않으실 것이다."

하니, 누군가 대답하여 말하기를,

"선왕마마에서 친히 맞아들이신 중전이시고 공주와 대군을 낳으셨는데, 아무리 모질게 굴어 어버이가 아니라고 하나 그게 오래 갈 것인가?"

---

6. **전계** 임금께 전하는 글.

천복이 대답하기를,

"대전께서 어머님을 공성왕후라고 봉작하였고 대군을 죽였으니 누가 말할 것이며, 대전께서 선왕마마를 아버님으로 대접이나 하는 줄 아시오? 살아 계실 때 세자라고는 했지만 사랑치 않으시고 가르치지 아니하셨으니, 이제 왕으로 계셔도 아무 일도 알지 못하니 더욱 애달파 그 원한을 대군에게 풀었으니, 할 수 없는 일이다."

"아버님, 어머님을 모두 인정치 않으신다면 어디에서 태어나신 것인가?" 하였다.

죄인 응벽이를 끌어내어 선왕마마의 능인 목릉과 의인마마의 능인 유릉 위에 올라가 방정한 곳을 가리키라 하니 그놈이 올라가서,

"내가 방정한 곳이 어디 있겠느냐? 내 모진 형벌을 못 견디어 잠시나마 쉬어 보려 하고 거짓말하였다."

하고 내려가 죽었다.

응벽이는 대군 보모상궁의 조카였었다.

사람들이 놀라서 이르기를,

"아버님 무덤을 팠다 하니, 그 사람이 어디 있는가?"

누가 그런 줄은 다 알건만 누가 두려워 감히 그 말을 입 밖에 낼 것인가.

"침실 안에만 들어가게 해준다면 대비께서 물이라도 억지로 마시게 해드리겠소."

"어떻게 하여 마시게 한단 말이냐?"

"개시의 권력이 중하니 개시의 형과 개시에게 돈과 재물을 많이 주면 천

하에 못할 일이 없을 것이니, 닫힌 문 열기는 아주 쉬운 일이라오."

하니, 윗전께 이런 뜻을 여쭈었다.

"대전과 내전, 세자에게 글월을 써보내 궐문을 열어 달라고 빌어는 보겠다. 하나 나라의 어른이 되어 당치도 않는 천인(賤人)에게 부탁하는 것은 첫째로 가당치 않은 일이다. 또 다른 마음을 먹고 나를 죽이려고 문을 잠그고 가두었는데 청하는 것은 두 번째로 가당치 않은 일이다. 제 어미를 왕후로 봉하고 나를 용납치 못하여 가두고, 쓰린 마음으로 청하여 빌게 하니 세 번째로 가당치 않은 일이다. 또한, 늙고 미련한 나인의 말을 듣고 막중한 청을 하는 것이 네 번째로 가당치 않은 일이며, 나를 이리 가둬 둔 것이 심상한 일이 아니니 제가 나중에 큰 화를 입히려고 한 일이라 청으로서 이루어질 일이 아니니 다섯째로 가당치 않은 일이다. 답답하고 서러운 것은 비길 데 없으나 천복이에게 의지하여 가만히 빌기는 죽을지언정 못할 일이다. 너희들이 서로 자세히 의논하여 좋게 대답하여라."

이러는 사이 동짓달이 거의 되었으니, 천복이 입을 것이 없다고 엄살을 부리니, 초록과 흰 비단, 솜과 신을 주시고 이르시기를,

"너를 심상한 예사 나인으로 보지 않는다. 저들이 계축년에 나가고 없는 나인을 내놓으라고 다그치며 두 감찰상궁을 잡아다가 하옥하였으니, 어렵게 지내며 추워한다고 하더라, 네게 입을 것을 줄 테니 그들에게 먹을 것을 자주 들여 주도록 해라."

하시니, 불 땔 나무며 음식을 주신다고 보내면 천복이는 번듯이 누워서 대답하기를,

"주시니 높은 덕은 그지없으나 나는 귀하게 여기지 않는다."

하니, 가져갔던 사람이 차마 듣지 못하고 곧 나왔다고 한다.

대비께서 친히 글월을 써 두 전하와 세자궁에 보내어 문을 열어 달라고 비시니, 이튿날 내관을 보내어 천복에게 잘못했다 책하니 천복이 걱정이 되어 누워 말하기를,

"나를 달래서 들여 보내셨으니 침실에서 사는 몸이라 시키는 일은 할까 하였으나 나를 꺼리시어 부리지 않으시니, 두 전하께서 내 소임을 다하지 않는다고 미워하시니 죄를 입을까 두렵구나."

하고 근심하여 똥오줌을 싸더란다.

몸가짐이 야무지고 똑똑하면 어찌 예쁘지 않을까마는 하는 말이 하도 괘씸하고 미우니 조금도 예쁘지 않았다. 하나 남의 입이 두려워 미운 말을 않고 좋은 체하였다.

하루는 공주를 뵙고 하는 말이,

"어머님 같다마는 서방 맞을 데가 없고, 옷 입은 모양 닮아 더 보기 싫다."하였다.

천복이 할 일이 없어 하다가 공주가 앓으시니 기뻐하며 이제야 뜻을 얻었다 하다가, 아기씨 침실문을 닫고 조심하자 마마인 것을 알고 짐짓 아프다고 말하고 들어앉았다. 나중에야 일어나 앉아 고기를 저미고 술을 마시거늘 남이 들어가 보니 천복이 말하기를,

"터놓고는 술과 고기를 못 먹을 것이니, 우리 몰래 먹자."하며 먹었다.

대비께서 아시고 천복이 놈이 몰래 들어앉아서 고기를 뜯고 술을 마시

며 몰래 먹자 했다 하니, 괘씸하고 더럽다. 어서 빼앗아 못 먹게 하라, 하셨다. 사람을 보내어 보니 과연 한 사람을 데리고 앉아서 먹고 있었다.

"저도 하도 가엾어서 걱정을 하였으나 참 말이 아닌 것 같기에 먹는다." 라고 하였다.

이때를 타서 천복이 섣달 17일, 침실 기슭에 몰래 불을 놓으니 불 놓을 때가 이경(二更)이었는데 마침 늙은 문 상궁이 마음이 곧고 순한 사람이라 대비마마를 위하여 침실 안이 따뜻한가 곁에 머물러 자고 있었다.

불붙는 소리 급하여 말하기를,

"통행을 금하는 인경은 친 지 벌써 오래고, 이경이 지났는데 불붙는 소리가 나니 무슨 일이냐? 천복이 자기 방에서 혼자서 자더니 필경 요사스러운 일을 꾸민 게 틀림없다." 하였다.

급히 지게문을 열고 나가 보니 붉은 불빛이 하늘을 찌르고 불붙는 소리 가깝게 들렸다. 사잇문을 열고 나가 보니 침실에 잇닿은 사랑채에 불이 붙었는데 처마가 바로 닿아 있었다. 침실에서는 아기씨를 위하여 문을 모두 닫고 앉았다가 잠깐 잠이 들어 소리를 듣지 못하였더니, 사람들이 놀라서 닫은 문을 열어 젖히고 내닫는 소리를 듣고 일어나 경황이 없이 한달음으로 뛰어나가며 소리 질렀다.

"불이야, 불이야!"

모든 나인이 다 쫓아 나왔는데, 천복이 혼자 나타나지 아니하였다. 나인들이 옷을 벗어 물 속에 담갔다가 쳐서 불을 껐다.

숯섬에 불을 놓았는데 숯섬을 잡아 내쳤으나 처마 끝은 벌써 타 무너져 내렸다. 무수리를 시켜 옷을 벗어 모두 껐다.

불을 끈 뒤에야 천복이가 종을 데리고 나와서 말하기를,

"숯섬에서 불이 나는 것이야 이상할 것 하나 없다. 본래 숯섬이란 것이 오래 쌓아 두면 불이 나는 법이다."

모두 대답하기를,

"숯섬에서 불이 난다면 선공감(繕工監)[7]에서는 어찌 숯을 쌓아 둘까? 지금도 여러 곳에 숯을 쌓아 놓았는데 불나는 곳이 없으니, 이 불이 난 것은 지극히 괴이하다."

"그렇다면 누가 불을 놓았단 말이냐?"하는 것이다.

아기씨께서 역병을 앓고 계신 지금 경황이 없는 틈을 타 놀라서 타죽게 하려는 것이 분명했다.

모시는 나인이며 대비께서 놀라 어찌할 바를 몰라 지게문을 닫으시고 안채에까지 불이 붙게 되면 바깥으로 나오시려고 하였다. 나인들이라고는 하지만 아이들과 늙은 것 대여섯뿐이니 나서서 못 끌 불을 끄려 하였다. 그러니 어찌 심상한 보통 사람이라고 할 것인가?

천복이가 어떻게 해서든 역병을 심하게 앓게 하려는 생각에 종을 시켜 몰래 몰래 칼질도 하고 온갖 음식을 다 시켜 먹었다고 한다.

하인들 중에는 아이들이 여럿 있었는데 천복이가 옳지 못한 일을 시키면 늙은 나인이 소리지르고 때려 다스렸다. 맞은 아이가 화를 내어 아이들

---

[7]. **선공감(繕工監)** 토목 · 영선(營繕)을 맡아보던 관아.

대여섯을 꾀어 데리고 도망가서 개시를 만나고자 하였다.

개시가 즉시 나와서 말하기를,

"대비는 어떻게 지내시고 공주는 어떠시고, 나인들은 뭘 하고 있느냐?"

그 아이가 대답하되,

"대비마마께서는 밤낮 울고만 계십니다. 공주마마께서 대체 무슨 일을 하시겠습니까? 또 나인들인들 무슨 일을 하겠습니까? 아무 일도 하지 않습니다."

시녀 정순이가 나무라며 말하기를,

"대비마마라니 무슨 당치도 않는 소리를 하느냐? 그냥 대비라고만 하라. 공주마마라니 그건 또 무슨 소리냐? 그냥 공주라고 하여라. 공주가 나이 들더라도 혼자 늙게 내버려 둘 것이지 부마(駙馬)는 얻어 무엇하겠는가? 죽어도 그냥 죽게 내버려두지 누가 내오게 한다더냐? 대비라니, 참 위대하기도 하여라. 대비의 성질이 사납기가 이루 말할 수 없어 우리 대전마마를 죽이고 대군을 그 자리에 세우려고 하다가 들켜서 저렇게 처량한 신세가 된 것이다. 털끝만치도 대비를 위할 생각은 말아라, 위한다면 죽이겠다. 벌써부터 오라고 이르고 기다렸건만 어째 이제야 왔느냐?"

대답하되,

"부모의 소식을 통 몰라 안부나 들을까 하여 왔습니다."

개시가 말하되,

"너희들이 그곳의 일을 다 고하면 부모 안부를 듣게 해주마."

대답하되,

"아무 일도 하시지 않고 단지 서러워하고만 계십니다."

정순이 꾸짖으며 말하되,

"너희가 우리를 속일 양이면 다 잡아 옥에 가두실 것이니 바른 대로 대거라."

대답하되,

"아는 일이 없으니, 죽이신다 한들 모르는 일을 어찌 대겠습니까?"

정순이 꾸짖되,

"정말 괘씸하기 짝이 없구나. 부모를 빨리 보고 싶거든 대비를 하루 속히 죽이거라, 그리 못하겠거든 불이라도 질러라. 불만 질러 놓으면 너희들을 다 양반으로 만들어 나가게 해주겠다. 너희들이 왔으니 고기와 술을 주마, 먹고 가거라."

하며 술과 고기를 주었는데 먹지 않으니,

"왜 먹지 않느냐?"

"슬퍼서 못 먹겠습니다."

"슬프다고 음식을 못 먹을까? 그러지 말고 어서들 먹어라."

"대비가 꾸짖을까 봐 안 먹느냐?"

"왜 우느냐?" 하되,

"갇혀 슬퍼하는 아이들을 생각하고 우느냐?"

"어서 먹어라."

"기휘(忌諱)[8]로 안 먹던 고기라 먹지 못하겠습니다."

"어떤 기휘더냐?"

"공주께서 마마를 앓으십니다."

개시가 놀라면서도 한편으로 반가워 묻기를,

"무슨 마마냐?"

"큰 마마를 앓으십니다."

"경과가 좋으냐?"

"경과가 좋으십니다."

"얼마나 돋았느냐?"

"조금 돋았다고 합니다."

"며칠 째나 됐느냐?"

"거의 다 나아가십니다."

"천복이를 침실에서 부리시도록 하였는데, 마마가 돋으셔서 부리시지 않는 것이냐?"

"우리처럼 어린것들이 대비마마의 일을 어떻게 알겠습니까?"

"들은 것이 있을 것이 아니냐?"

정순이 또 꾸짖기를,

"대비마마라고 하지 말랬는데 또 어째서 대비마마라고 하느냐."

하니, 개시가 정순에게 눈을 흘기며 꾸짖어,

"잔소리 말아라."

하니, 정순이가 또 말하되,

8. **기휘(忌諱)** 꺼리어서 싫어하는 일.

"무에 불쌍하다고 꾸짖지 말라 하십니까? 대전마마를 죽이려고 한 일이 고마우니 꾸짖지 말 것입니까?"라고 말하였다.

중환의 당(黨)[9]에 속한 아이이기에 함께 넘어가면 내보내줄까 하여 넘어 갔더니 하도 꾸짖고 상전을 욕하니, 좇아갔던 아이들은 화도 나고 애가 닳아 도로 넘어오며 혼잣말로 말하기를 이럴 줄 알았더라면 가지 말 것을 혹시 나가게 될까 생각을 했었는데 공연히 욕만 보았구나, 하면서 울고 온 아이도 있었고, 우리 다시 한번 보자 하는 아이도 있었다.

침실상궁들은 기휘하는 까닭으로 나오질 않으니 바깥 사정을 알 길이 없었다. 침실 처마 밑에서 침실을 맡아 지키며 자는 사옥이란 아이가 있었는데 어느 날 남달리 늦게까지 자며 일어나지 않기에 수상하게 여겼더니, 저쪽 나인들이 담을 넘어와서 끈으로 묶고 처마에 불을 질렀던 것이다. 자던 사람이 간신히 힘을 써서 일어났더니 그걸 기다렸다가 얼른 불을 꺼버리니 누가 한 짓인지 도무지 알 수가 없었다. 무서워서 불이 났었다는 말도 하지 못하고 아는 사람들만 알고 그냥 참고 살았다.

아이들이 계속해서 넘나들고, 유언비어를 퍼뜨리고, 불을 질러서 소란하게 구니 두려운 생각들이 들어서 궁정에서는 야경을 돌았다. 궁 밖에서는 시월 그믐에 태묘[10]에서 한 해 농사 지은 형편과 여러 가지 것을 신께 아뢰는 납향제에 쓸 돼지를 많이 들여왔다.

내관이 내전께 여쭙기를,

[9]. **당(黨)** 무리, 동아리.
[10]. **태묘** 종묘.

"대비전에 어떻게 해서 올릴까요?"

"토막을 쳐서 드려라."

차비문에서 도끼로 돼지, 사슴, 노루를 토막을 치는 소리가 침실까지 들려왔다. 그 고기를 장대에 꿰어 들이밀며

"조금 있다가 갖다 드려라 하거든 드려라."하기에,

"대관절 무슨 일인데 고기를 토막쳐 준단 말인가."하니 내관이 큰 소리로 꾸짖으며,

"우린들 이리 하고 싶어하겠는가? 전에는 그냥 통째로 드리더니 올해는 어쩐 일인지 토막을 쳐서 드리라는 대전의 전교가 있어 마지못해 토막을 쳐서 드리는 것이니 잔소리하지 말고 어서 드려라."하였다.

사람이 미처 받지 못하면 군사들이 들고 와서 내동댕이쳐 버리고 얼른 문을 닫아버리곤 하였다.

마마를 앓는 데는 칼질과 도끼질이 가장 흉한 것이기에 일부러 토막을 내서 갖다 드리라고 일렀던 것이었다. 그래도 저들의 잔인한 짓을 아시고 신령님이 도우셔서 마마를 순하게 앓아 넘기셨다.

"넘어왔던 나인들을 역신이 돌지 못하도록 가두어 두었는데도 공주는 순하게 앓아 낫고, 내 손자는 그리 막았건만 어째서 죽었는지 참 이상도 하다."

라고 말을 했던 것이다.

저쪽 나인들은 날마다 높은 곳에 올라가 망을 보다 혹시 그쪽으로 간 아이라도 눈에 띌라치면 손짓으로 오라 하여 기어이 담을 넘어가게 하였다.

한 번은 밤 열 시쯤에 누가 담을 타고 넘어가려는 것을 어느 나인의 종이 뒤따라 나가다가 보고 제 동료한테 일러 데려오는 동안에 뛰어내려 얼른 제 방에 가서 자는 시늉을 하고 있어서 누가 넘어가려 했었는지 아무도 알지를 못하였다. 잡아 보았자 처치하기도 어려운 터라 일부러 모르는 체를 하고 덮어두었다.

　나인들은 어떻게든지 해서 나갈 궁리만 하여 별별 교묘한 꾀를 다 내어 나가려고만 하였다. 저쪽 나인이 밤에 담을 타고 넘어와 버드나무 위에 앉았다가 이쪽 나인을 만나면 신고 온 신발을 벗어 던지고 도망가곤 하였다.

　다른 나인들은 혹시 자기를 잡으러 오지나 않았나 해서 무서워하여 혹시 본전 나인을 만나도 남의 전 나인인가 하여 혼비백산하여 자기도 모르게 소리를 지르고는 누군 줄 알고 그렇게 소리를 질렀는지, 어디로 달아나야 하는 건지 통 모르고 쩔쩔 매곤 하였다.

　을묘년 봄이 되도록 변 상궁이 나가서 죽었는지 살았는지 알지 못해도 말씀도 못하시고 가만히 계시더니, 저들이 무슨 생각을 했는지 이르지도 않았는데 4월 그믐날에 도로 보내 주었다. 들여보내 줄 때 변 상궁에게 들어오라고 하여, 개시가 나와 보고 손뼉을 치며 말하기를,

　"우리를 죽이려고 꾀하다가 하늘이 알아 잡아냈으니 망정이지 대전께서 뉘시라고 감히 죽이려고 하였는가? 하늘이 큰 벌을 주신 것이니 이제 와서 뉘 탓을 할 것이냐? 그제라도 곱게 살 것이지 하늘에 제사를 지내고 빌다가 그 일도 탄로가 났는데, 그래도 거짓말이라고 할 것이냐?"

　이리 말하며 손뼉을 치고 소리를 지르며 야단을 하니 이편에선 입이 있

은들 무어라고 말을 하겠는가. 아무 말도 못하고 잠잠히 앉아 있으니까 손을 이리저리 바삐 휘저으며 오락가락하더니,

"그렇게 잠자코 있는 걸 보니 내 말이 틀림없는 사실이렷다! 그러니 입이 있다 한들 무슨 말을 하겠느냐?" 하고,

"모두가 맞는 소리니 할 말이 없어 앉았는 것 아닌가?"

이렇게 말했던 것이다.

내전이 친히 만나서 할 말이 있다고 하기에 변 상궁이 한참 동안이나 기다리고 있었더니 무슨 계략을 꾸미려는지 다시 부르지 않고 사람만 보내어 말하되,

"애초에 죽였어야 할 것을 살려 주었으니 이 모두 높으신 덕인 줄 알라. 병을 칭하고 나온 것도 그 동안처럼 잔꾀를 부린 것이니, 너를 들여보내지 말 것이로되 모실 사람이 없다고 하여 너를 들여보내는 것이다. 이후로는 요사스런 일일랑 다시 하지 말고 잘 모시도록 하여라."

이렇게 일렀다.

개시가 내달려와 말하기를,

"내 말을 듣고 저토록 서러워하시니 어서 죽기라도 하시면 시원할 텐데. 대군을 임금자리에 세우고 편안히 살려고 하다 발각이 났으니 부디 내 말대로 이제라도 죽기나 하지. 공주야 내전마마께서 어련히 잘 길러서 혼인을 시키시겠는가. 공주는 차차 나이 먹고 문은 열 길이 없으니 도둑의 무리도 잡지를 못했고 공성왕후마마를 봉하는 일도 천조에 주청을 드리러 갔으니 이제 문을 연다 한들 어찌 용납이 될 수 있겠는가. 대비가 하루 속

히 돌아가시면 두 분 전하가 다 좋으실 걸세."

하기에, 변 상궁이 하도 분하여 죽기를 무릅쓰고 말하기를,

"죽고 사는 일은 본래 명에 달린 것이니 어찌 맘대로 죽으소서 하겠습니까? 벌써부터 죽고 싶으시다는 것이 밤낮 소원이시나 겨우 여태껏 살아 계시니, 그런 말을 들어 더욱 서럽소이다."하시며,

"공주마마야 어련히 잘 기르실까마는 부모보다 좋은 이가 이 세상에 어디 있겠소이까?"

하니, 개시가 웃으며 말하되,

"아까 한 말은 모두 웃자고 하는 소리거니와 살아 계시다가 우리가 어찌 되나 보시겠다 한다고 하니, 그 말이 정녕 맞는가?"

대답하되,

"사람 마음은 다 같은 법이겠거니와 나는 아직 들어 보지도 못한 말입니다."

개시가 말하되,

"대전이 돌아가셔도 세자께서 계시니 잠긴 명례궁 문이 썩는다 한들 열리기가 쉬울까? 대전께서 지금도 세자께 말씀하시기를 죽은 뒤에도 내가 살았을 때처럼 하라고 하신다. 그러니, 혹여 좋은 일을 볼까 하여 살아 있질랑 마시게. 상궁이 내 말을 잘 들으면 이로울 일이 있을 것이니 듣게. 자네가 내가 한 말을 소문내는 날에는 멸족의 화를 입을 것이니 자네하고 나하고 굳게 맹세를 하여 보세."

하니, 하도 무서워 대답하되,

"나는 속에 있는 말을 참지 못하는 성질이니 듣지 않았으면 좋겠습니다."하였다.

개시가 앞으로 다가들며 변 상궁 손을 쥐고 말하기를,

"우리는 아이 때부터 함께 살다가 우연히 서로 사이가 떨어진 것이 아닌가. 대비마마를 모신 지 얼마나 된다고 무슨 정이 그리 많단 말인가." 하고 울면서 온갖 방법을 다해 달래다가 위엄을 지어 보이며 말하기를,

"대전과 내전이 상궁을 보고 친히 당부하시려다가 연고가 있으셔서 못 만나신다고 날 보고 말하라 하시기에 말하는 걸세. 이제 들어가거들랑 대비를 꼭 죽여야 하네. 만일 살려 둔다면 자네에게는 서러운 일만 있을 뿐이요, 좋은 일이라곤 하나도 없을 걸세. 만일 이 말을 소문내면 두고 보시게, 죽은 어버이에게 이르기까지 화를 벗지 못할 걸세."하였다.

아무리 참으려고 애를 쓰되 분에 못 이겨 울면서 대답하기를,

"이 일은 차마 아랫것으로써 할 노릇이 아니니, 차라리 들어가지 않게 해주시오."

개시가 말하되,

"좋은 말로 하는데 상궁이 내 말을 듣지 않으니 할 수 있나, 자네 좋은 대로 하시게."하였다.

갑인년 4월에 내관 박충신을 보내니, 그가 공주와 대군이 들어 계시던 곳을 두루 돌아보고 이튿날 또 왔다.

"할 일이 있어서 그러는 것이니 세간들을 어서 끄집어내라. 지체하면 다 죽이겠다."

하고 발발 재촉을 하였다.

　나인들은 어찌 할 바를 몰라 까닭이나 알고 하려고 하였으나 잠시도 지체하지 말고 모두 끄집어내라 하기에 공주의 피접소부터 세간을 끄집어내겠노라 하였다. 그리하였더니 다시 내관을 보내어 대군의 세간을 다 밖으로 내오라 하여 온갖 세간과 솥, 가마며 다듬이 돌을 꺼냈다. 동가, 서가, 남가, 북가, 남정, 양진, 당지에 들어 있는 세간들을 다 꺼내어 대전의 곳간지기 내관이 둘러보고 다 빼앗아 수레에 싣고 가버렸다. 남정 곳간은 내관이 들어가서 모조리 다 세어서 적어 가지고 가고 문과 지게문에 온통 문둔테[11]를 박고 문 틈을 다 바르고 갔다.

　궁 안팎의 담장을 높이고 그 위에 가시덤불을 얹고 문에는 못질을 하였다. 축대 밖으로 담을 또 쌓으니 늙은 나인이 울며 말하기를,

　"안팎으로 대여섯 자 더 되는 담을 사뭇 높이고 문마다 첩을 박아 문둔테를 박으니 대비마마께서 얼른 돌아가시기만 날마다 기다리시는구나. 부모자식 사이에 후세에 남을 이름이 불쌍하고 서럽다. 어머님을 가두었다는 허물은 벗지 못하실 것이다."

하니, 내관이 돌아가며,

　"대비께서 옳게 처신하셨던들 이런 일을 당하셨겠는가? 서럽겠지만 잔소리 말고 잘 모시고 계시오. 우리한테 말해 봤자 아무 소용없소이다. 나라의 녹을 얻어먹는 처지에 누구를 옳다고 할 것이오?" 하였다.

---

[11]. **문둔테** 문장부를 끼는 구멍이 뚫린 나무. 문얼굴 아래위로 가로 댐.

궁중을 좁혀 겨우 다닐 수 있게 만들고 차비문에다 첩을 박고 자비[12]로 하루 두 번씩 출입하였다. 아침에도 삼전(三殿)에서 문안 오되 간신히 엎드렸다가 '문안을 여쭙니다' 라는 말도 하지 않고 그냥 일어나 가는 것이다.

무슨 말이고 하려고만 들면,

"우리는 들을려고 온 것이 아니라 문안 드리러 왔소."

하며 가버렸다.

하루는 문안내관 나인이 왔기에,

"글월 가져가라."

하니, 대답하기를,

"손 없어서 못 가져가겠습니까. 발이 없어 못 가져가겠습니까, 아니면 입이 없어 전하지 못하겠습니까? 하나 가져오지 말라 하셨으니 가져갈 수 없나이다."하는 것이었다.

궁중 안에 더럽고 지저분한 것들을 버릴 만한 곳이 없어 내관에게 말하였더니,

"아뢰어 보기는 하겠으나 대전마마께서 이르시기를 받아 내오지 말고 한데 모아두라고 하셨으니 못 치워 내갑니다."

하니 일 년 동안 모아 놓은 것이 산처럼 쌓였다.

제발 치워 달라고 백 번 애걸 할 양이면 내관이 꾸짖어,

---

12. **자비** 가마 · 초헌(軒) · 승교(乘轎) · 남여(藍輿) 따위의 탈것을 통틀어 이르는 말.

"대전마마께 아무리 취품하여도 하지 말라고 하시니 못하겠습니다."

이렇게 두어 해가 지나니 악취가 방 안에 가득 차고 구더기가 생겼는데 방 안과 밥 지어먹는 솥 위에 끼어 아무리 물로 씻어내도 없어지지 않았다.

문안 대답하는 상궁이 울면서 여러 번 이르니까 그때야 마지못해 어른 내관과 종사관을 보내어 첩첩이 못질 해 놓은 문짝을 떼어 내고 별장, 내금위, 병조랑청, 사소위사가 하인을 보내어 치워 내갔다. 지붕 위에도 까마귀, 까치 똥이 가득하게 쌓여 회칠한 듯하니 별장들이 이르기를,

"나인들은 적고 짐승들은 많아 더러운 것을 내놓으니 지붕 위가 회칠한 듯하고 악취가 궁중에 가득하여 잠시만 냄새를 맡아도 못 견디겠는데 대비께서는 어찌 견디시는고? 선왕 때 이 궁중에 와 본 일이 있는데 선왕께오서 승하하신 지 오래 되지도 않아서 그 자손이 이렇게 만드셨으니 차마 눈뜨고 못 보겠구나."

하고 눈을 가리고 눈물지으며 나갔다.

나인이 행여 빠져나갈까 하여 호위 군사를 사방에 둘러싸게 하고, 별감을 보내어 치우고 어서 나가라, 지체하면 죽이겠다, 했다고 한다.

이러해서 두어 해에 한 번씩, 삼 년에 한 번씩 더러운 오물을 치워 주곤 했던 것이었다.

밤에 나인들이 다니며 불을 들고 다녔더니 이튿날 저쪽 나인이 하인을 데리고 이유 없이 나타나 사내를 궁 행랑채 위에 올라가 둘러보며 다니게 하였다. 나인들이 무서워하며 안으로 쫓겨 들어와 숨었더니 내관이 쫓아

와 말하기를,

"무슨 일로 불을 켜고 다니느냐?" 하였다.

하인이 신을 것이 없어 맨발로 다니다가 다쳐 울기라도 하면 내관을 보내어,

"무슨 일로 우느냐?"

"발이 아파서 웁니다."

"언감생심에 울지 마라. 울면 죽을 것이다."

하는 것이 아닌가?

나인들이 들어 있는 침전이 옛집이라 비가 두루 새서 비가 오면 몸 둘 곳 없어 하도 민망하여 새는 곳을 이어 고쳐 달라고 빌었지만 들어 주지 않았다.

정순의 말과 천복의 명령으로 나인들이 계속 갑인무오년 때처럼 방화를 하니, 숯섬에도 불을 놓고, 땔나무 쌓아 놓은 데며, 거적에도 불을 지르곤 하여 견디지 못하고 신시(申時)[13]부터는 불기를 금하였다. 미시(未時)[14]에 밥을 지어먹고, 신시에 요령을 흔들며 부엌 구석구석마다 온 궁 안을 두 시간에 한 번씩 두루 돌아보았는데 대전 쪽으로 넘어갔던 나인들 중에서 싸움이 일어난 후에 그런 사실을 아뢰니 대비께서 몹시 분하게 여기시어 모두 모이게 하셨다. 잡은 자들을 안치하여 놓고 휴계를 물으니 종아리가 터지기도 전에 낱낱이 자백하는 것이다.

---

[13] **신시(申時)** 오후 3시부터 5시까지의 동안.
[14] **미시(未時)** 오후 1시부터 3시까지의 동안.

"누가 불을 지르라 하더냐?"

"대전 시녀 정순이 가르쳤습니다."

"소인들이 불을 질러 대비마마와 공주마마를 타죽게 하면 소인들 중에 몇을 양반으로 대접하여 주고 큰상을 줘 저들에게 가서 살게 해주겠다고 하였습니다."

하는 게 아닌가.

여러 번 불을 질러 지붕 위에 불길이 치솟아 나인들이 노소를 가리지 않고 몰려나와 끈 불이 그 몇 번이던가?

차비문 내관이 민망히 여긴 나머지 대전에게 고하니,

"끄지 말고 버려 두어라." 하더란다.

그때마다 나인들이 불을 끄니 내관이며 별장들이 모두 기특하게 여기곤 했다.

나인들이 신을 것이 없어 헌 옷을 뜯어 노끈을 꼬아 짚신처럼 만들어 신기도 하고, 헌 신을 뜯어 신던 것을 기워 신었으나 금방 헤져 견디지 못하니 화살촉을 빼내 송곳을 만들어 초혜(草鞋)[15]를 짓기 시작했다.

겨울이 오면 눈 위에서 신을 것이 없어 사슴가죽으로 만든 큰 신을 뜯어 신을 지어 신었다. 봄에 절여 두었다가 겨울을 보냈는데 사슴가죽창이라 겨우 한겨울은 지낼 수가 있었다.

십 년이 되어 가니 모든 물건이 다 동나서 신창 기울 노끈도 없어 베옷

---

[15] **초혜(草鞋)** 짚신.

을 풀어 실을 꼬아서 깁고, 실이 없어 모시옷과 무명옷을 풀어 쓰곤 하였다. 나인들은 발이 짓물러 울고 다녔다. 한 아이 나인이 발을 다쳐 급한 소리로 우니 격전께서 들으시고 불쌍히 여기셔서,

"어떻게 해서든지 발을 간호하여 주어라."하셨다.

처음에는 칼로 평평한 나막신을 만들어 주었더니 점차 익숙해져서 굽 높은 나막신을 만들어 주었다. 못은 진상 들어온 궤짝의 못을 빼내어 쓰곤 하였다.

칼 만들 것이 없어 옛날부터 있던 환도를 둘로 끊어서 칼을 만들고, 가위를 숫돌에 갈아서 날을 만들었다. 하인의 옷 만들 것이 없이 낡은 야청[16] 옷을 뜯어서 흰 옷에 드리워 입었다. 윗나인들은 치마 만들 것이 없어 민망히 여기다가 짐승의 똥에 쪽씨가 들어 있었는지 한 포기 난 것을 한 해 길러 두 해째는 꽤 많이 자라서 이러구러 남빛 물감을 들여 입었다.

쌀을 일 바가지가 없어 소쿠리로 쌀을 일었는데 까마귀가 박씨를 물어와 심었더니 한 해 길러 두 해째는 중 박이 되고 네 해째는 큰 박이 되었다. 솜 없이 겨울을 칠팔 년을 추워서 덜덜 떨며 지냈는데 면화씨가 섞여 들여와서 그것을 심어 씨를 빼어 두세 해째는 면화가 많이 열리니 그것으로 옷에 솜을 넣어 입었다.

사계절이 다 지나도록 햇나물을 얻어먹을 길이 없었는데 가지와 동화씨가 짐승의 똥 속에 들어 있어서 심어 나물상을 차릴 수 있었다.

---

16. **야청** 검은빛을 띤 푸른빛.

꿩고기 목에 수수씨가 들어 있어 심으니 무성히 열려서 가을에 거둬 찧으니 수수떡을 만들어 먹을 수가 있었다. 상추씨가 짐승의 똥 속에 있기에 이를 땅에 심기도 하였다.

여러 해 지나니 안쪽 담이 무너져 너무 민망하여 뜰에서 흙을 단단히 다져 고쳤다.

오래 된 집이라 여러 해째 손을 보지 못하니 대들보가 꺾이고 기울어 사람이 다치게 되었기에 나무 하나를 얻어 괴이고 내관에게,

"대전께 말씀드려 주게."

하고 백 번을 빌었는데 들은 체도 하지 않았다.

바깥 담이 또 무너져 쌓아 올렸더니 내관이 들어와 보고 이르기를,

"계집들이 한 일이 아니라 마치 장사가 한 일 같구나."

하고, 대견하게 여기는 것이다.

씨를 뿌리지도 않은 나물이 침실 앞뜰에 여러 가지 나니 기특히 여겨 가꾸어 뜯어서 삶아 먹었더니 향기롭고 맛이 좋았다. 모두 먹은 후에 꿈에 사람이 나타나 이르기를,

"나물을 못 얻어먹기에 이 나물을 주노라." 하더란다.

대추나무가 예전부터 있었으나 벌레집이 되어 예부터 먹지 못하였다. 문이 닫힌 가운데 대비께서 햇과일 없이 부원군께 제사를 지내셨는데 무오년부터 이 대추나무가 싱싱해져서 열매가 큰 밤만큼 크게 열렸다. 맛조차 뛰어나게 좋아 여느 대추와 달랐고 거의 한 섬 가량이나 열렸다.

꿈에 이르기를,

"일부러 맛좋고 풍성히 열리게 한 것이니 나인들이 훔쳐먹으면 다시는 열리지 않게 하리라."

하므로 사람을 시켜 지키게 하였다.

복숭아를 심지 않았건만 저절로 길가에 자라나서 열매의 맛이 마치 하늘의 복숭아, 천도(天桃) 같아 예사 맛이 아니었는데 꿈에 이르기를,

"보통 복숭아 나무는 세 해를 채워야 열매가 열리는 법이다. 하나, 이 나무는 두 해 안에 열매 맺게 하였으니 잡사람이 먹으면 열매 열리지 아니하고 즉시 죽게 하리라."

하는 게 아니겠는가?

대비께서 잡수시고 그 꿈을 믿지 않아 모두 먹게 하니 그해 겨울에 나무가 저절로 죽었다.

대비께서 시녀를 시켜서 밤나무를 심으셨는데 여러 해 무성하다가 기미년에 죽어 이상하게 여겼더니 꿈에 이르기를,

"이 나무는 죽었으나 괴이하게 여기지 마라. 이 나무는 다시 살아날 것이고 그 일이 바로 대비께서 다시 살아날 일이라."하였다.

그 이듬해가 되니 가지 하나가 살아나고 또 이듬해에 가지 하나가 살아났다. 다시 꿈에 이르기를,

"다 살아나면 좋은 일이 있을 것이다."

하더니, 이듬해에 큰 나무가 마저 살아나 옛 모습을 그대로 드러내었다.

가을에 마치 봄 늦게 꽃이 피듯 꽃이 피어서 수상히 여겼더니 꿈에 사람이 나타나 이르기를,

"근심 말라."하였다.

무오년 여름에 불이 일어나 정릉(貞陵)[17]에 불이 붙어 문을 두드리며 아무리 불러도 대답을 하지 않았다. 계속 부르니 그제야 마지못해 대답을 하였다.

"불이 타 들어오는데 문을 닫아걸고 태워 죽이려고 하느냐? 어서 문을 열어 불이나 피하게 하시오."

"내전께서 잠가두고 열지 말라 하셨으니 못 열겠소이다."

나인이 하도 민망하여 불머리를 보려고 집 위에 오르니 내관이 문 밖에서,

"어서 내려와라. 대전께서 아시면 다 죽을 것이다."

하였지만 내려오지 않으니 크게 꾸짖기를,

"얌전히 있지 못하고 불 구경을 해서 뭐하려는 것이냐, 나인의 머리가 깨지겠다."하더란다.

내관이 대전께 여쭙기를,

"불이 타 들어가니 자전마마를 어찌하오리까?"

"내버려두어라."

문을 열 기색이 없어서 문안내관에게 이르기를,

"대비마마의 용태 중하셔서 토혈하십니다. 행여 알리지 않았다고 하실까 봐 여쭈는 것입니다."

---

[17]. **정릉(貞陵)** 조선 태조 계비 신덕왕후(神德王后) 강씨(康氏)의 능.

하니, 즉시 내관을 불러 이르기를,

"어디가 아프시며 무슨 연고로 토혈하시며 하루 몇 번씩 하시느냐? 나인의 말은 믿을 수 없으니 의녀를 들여보내 진맥케 하라."

"행여 믿으실 수 없거든 의녀는 들이지 마시고 문만 열어 주시면 모든 병에 다 좋을까 합니다."

하니 와서 꾸짖기를,

"일부러 거짓말로 아프다 하니 나인들을 모두 죽이겠다."

이어서 말하기를,

"심하게 아파하시거든 곧 알려라." 하였다.

정사년부터는 조정에서 음력 초하루 탄일에도 문안을 하지 않았을 뿐더러 숙배[18]도 하지 않았다.

신유년 7월에 포수들을 달래고 꾀어서 내장사[19] 밑에서 숙직을 하게 하고 자정 때쯤 하여 야경을 돌게 하니 마치 일만 군사라도 있는 듯 수선스럽게 하는 것이었다.

나인들은 그들이 들어와서 죽이려는 것만 같은 생각에 애가 타서 갈팡질팡 헤매다 침실에 가서 대비마마의 곁에서 모시다 함께 죽자, 하고 말하였다.

나전에 살던 포수가 대전의 궁에 가서 해마다 포를 쏘니 대전 궁궐의 귀신을 몰아서 우리한테로 모두 오게 하려 한 일이었다.

---

18. **숙배** 서울을 떠나 임지로 향하는 관원이 작별을 아뢰던 일. 하직.
19. **내장사** 임금의 세전 장원과 그 밖의 재산을 관리하는 곳.

대비전 나인이 병들어도 백 번씩이나 빌어야 겨우 나가게 해주면서, 개시, 은덕이, 갑이를 아는 나인이면 밖에 사는 어버이에게만 청을 넣으면 앓지 않아도 나가도록 해주니 뭇 나인들이 울며 말하길,

"집은 크고 사람 수는 적어서 밤이면 무서우니 앓는 사람만 나가게 하고 성한 나인은 나가지 말게 해달라."

하면, 대전내관이 말하되,

"대군도 데려 내갔는데 나인들 따위야 무에 그리 대단하다고 그러느냐? 잔소리 말고 어서 내놔라."

이렇게 데려간 일이 대 여섯 차례나 되었던 것이다. 계해년 정월 초사흘날에는 죽은 나인의 종을 다 잡아 내라고 하기에 대비께서 비시면서,

"죽이려는 생각으로 이곳에 가두어 넣었으니 서러운 일을 생각한다면 벌써 죽었어야 했다. 하나 명은 하늘에 달린 것이니 사람의 뜻대로 못하는 법. 나인 삼십여 명을 다 죽이고 궁이 비어 까막까치와 도깨비만 들끓는 형편이라, 죽은 나인들의 종들을 내가면 나 혼자서는 무서워 살 수가 없다."

라고 말씀하셨으나 들은 체도 않고 어서 내놓으라고 독촉하였다.

두어 나인의 종만 내주었는데 데려다가 개 부리듯 심하게 하였다.

삼월 열하룻날에 대전이 내관을 보내어,

"앓는 사람이 있으면 내놓아라." 하였다.

열이튿날에는 마마 귀신을 그린 붉은빛 나는 가죽과 주머니에 죽은 나인들의 이름을 써넣고 산 나인들의 이름은 밖에 써서 매달아 내관 편에 보

내어,

"이 가죽을 침실문 안에 걸고 주머니는 거기 써 있는 나인들의 이름을 보여 주고 차게 하여라. 없애면 윗전께 고하리라."

하고 가버렸다.

훑어보니 하도 흉하고 무서워 바로 파묻었다. 계해년 3월 13일 자정쯤 해서 문이 열렸다.

아주 오랜 세월을 갇혀 지냈으나 궁중에선 기특하고 거룩한 상서로운 일이 많았다. 늙은 나인들은 축수(祝壽)하고 젊은 나인들은 더욱 두려워하여 마음 둘 곳을 몰라 하였는데 그 오랜 동안 그렇게도 헤아릴 수 없는 일들이 일어났던 것이다.

신유년 임술년부터는 신인(神人)이 내려와 눈에 띄게 기특한 일이었던 것이다.

계축년부터 겪던 서러운 일이며, 항상 내관을 보내어 협박하고 꾸짖던 일과 대비전을 박대하고 도리에 어긋나게 불효한 일들을 이루 다 쓸 수 없어 그중 만 분의 일이나마 여기에 쓰는 것이다. 다 쓰려고 하면 남산에 심은 대나무를 다 베어 붓으로 만든다 한들 다 쓸 수 없으며, 낱낱이 빼지 않고 모조리 말을 하려고 할 양이면 세상이 사라지고 다음 세상이 생겨날 때까지 하여도 모자랄 것이다.

나인들이 여기에 잠깐 기록할 따름이다.

작품 해설

1. 작가 소개

『계축일기(癸丑日記)』는 『서궁록(西宮錄)』이라 하기도 하며, 작가가 밝혀져 있지 않은 작품이다. 다만 작품의 말미에 '나인들이 잠깐 기록하노라' 란 기록만 있을 뿐이다. 따라서 이러한 기록을 토대로 인목대비(仁穆大妃)를 서궁(西宮)에서 모셨던 측근 내인(內人)이 썼을 것으로 추정하고 있다.

그러나 문체와 역사적 사실을 들어 인목대비(仁穆大妃) 자신이 쓴 것이라는 설도 있고, 영창대군(永昌大君)의 누이인 정명공주(貞明公主)가 썼다는 설도 있다. 또한 작품 내용의 분석을 통해, 작품에 등장했던 변(卞) 상궁(尙宮)이나 문(文) 상궁(尙宮)이 작자일 것이라는 견해도 있다.

한편 작가가 명확하지 않은 관계로 이 작품의 성립연대도 정확히 알 수는 없다. 다만 인목대비가 서궁(西宮)에 유폐되어 있던 시기일 것으로 추정된다. 『계축일기』를 쓰게 된 동기나, 작품의 표제에서도 계축옥사(癸丑獄事)가 중심이 되었던 것은 의심할 여지가 없기 때문이다. 다만 작품 속에서 을묘년(乙卯年)을 전후하여 작자의 작품 기술 태도가 확연히 다르다는 것을 통해 『계축일기』가 한 번에 완성되었던 것이 아니라 두 번에 걸쳐 완성되었을 가능성이 있다고 한다.

『계축일기』의 필사본으로는 낙선재본(樂善齋本) 『계축일기』와 홍기원본 (洪起元本) 『서궁일기(西宮日記)』의 두 가지가 전하는데, 내용을 비교해 보면 두 책 이전에 또 다른 원본이 있었음이 확실하다. 또 『서궁일기』에는 『계축일기』 이외에 다른 내용이 합철되어 있어서, 완전한 『계축일기』의 이본이라 할 수는 없다. 이밖에 이긍익(李肯翊)의 『연려실기술(練藜室記述)』에도 『서궁일기』가 나오는데, 남아 있는 홍기원본 『서궁일기』와는 다르다. 한편 낙선재본 『계축일기』는 한국전쟁 때 없어지고, 1950년에 『조선역대여류문집』에 영인된 것만이 남아 있을 뿐이다.

2. 작품 해설

『계축일기』는 인목대비 폐비사건(廢妃事件)이 시작되었던 1613년(계축년, 광해군 5)을 기점으로 하여 일어난 궁중의 비사를 인조반정(仁祖反正) 뒤에 기록한 것이다. 그러나 작품의 시작은 인목대비 폐비사건 이전인 선조(宣祖) 말년에 인목대비가 선조의 계비(繼妃)로 입궁하여 정명공주(貞明公主)와 영창대군(永昌大君)을 출산하는 데에서부터 시작된다. 작품의 내용을 요약하면 다음과 같다.

인목대비는 김제남(金悌男)의 딸로 19세에 51세인 선조의 계비가 되어,

선조 36년에 정명공주를 낳고, 39년에 영창대군을 낳았다. 본래 선조는 첫 번째 왕비였던 의인왕후에게서는 세자를 얻지 못한 상태였다. 물론 후궁(後宮)들 사이에서 많은 왕자가 있었지만 적통의 왕자는 없었던 것이다. 그러다가 계비(繼妃)로 들어온 인목대비가 영창대군을 출산하자, 선조는 크게 기뻐하였다.

그러나 당시에는 후궁인 공빈김씨(恭嬪金氏)의 둘째아들인 광해군이 일찍이 세자가 되어 세력을 잡고 있는 상태였다. 따라서 선조 말에는 왕위 계승을 위한 광해군과 영창대군의 치열한 암투가 계속되었는데, 선조가 갑작스럽게 죽게 되자 세자였던 광해군이 바로 왕위에 오르게 되었다. 광해군은 왕위에 올랐음에도 항상 주위 사람들을 의심하여, 그의 친형이었던 임해군(臨海君)을 죽였다.

계축년에는 서양갑(徐羊甲) 등에 의해 사건이 일어났는데, 그 사건은 당시 명문의 서자(庶子)들이 천대받음에 반항을 하고 무리를 모아 폭력단을 이루어 재물을 빼앗다가 포도청에 잡힌 것이었다. 그런데 이이첨(李爾瞻)이라는 자가 이 사건을 이용하여 인목대비를 해치려고 잡힌 무리 중의 한 사람인 박응서(朴應犀)를 꾀어서 김제남(金悌男)이 영창대군을 왕으로 추대하려 한다고 무고하게 하였다.

이러한 조작극으로 인해 김제남 부자와 영창대군은 참혹한 죽음을 당하고, 인목대비를 모시고 있던 많은 내인(內人)들이 처참하게 죽음을 당하거나 유배를 당하게 되었으며, 인목대비도 서궁인 덕수궁(德壽宮) 안에 있는 경운궁(慶運宮)으로 쫓겨나가 폐비가 되었다. 그 뒤 인목대비는 폐비로 청

춘 시절을 다 보내고 11년이 지나서야 인조반정을 통해 복위되었다는 내용
이다.

이러한 내용의 『계축일기』는 지존(至尊)의 위치에 있으면서도 영화를
누리지 못하고 비극의 주인공으로 젊은 날을 보내야 했던 인목대비를 중
심으로 하여 이를 박해하던 광해군, 광해군이 부도덕한 임금이 되도록 전
권을 행사했던 대북파(大北派)의 권신들, 비극적인 최후를 마쳤던 영창대
군(永昌大君), 갖은 박해와 죽음을 감수해야 했던 서궁(西宮)의 많은 내인
(內人)들을 등장시켜 당시의 왕위계승을 둘러싸고 벌어지는 암투에 대해
사실적으로 서술한 작품이다.

작품은 처음부터 인목대비와 광해군이라는 선(善)과 악(惡)의 대립을 표
면화시키면서, 궁중 안에서 벌어지고 있던 권력다툼의 비극적인 모습을
인목대비 편에 서서 생생하고 박진감 넘치는 필치로 그려낸 것이다. 더욱
이 이 작품은 작자가 누구이든지 간에 당시의 사건들을 사실적으로 그리
고 있으며, 거기에는 궁중의 생활상과 인정, 풍속 등이 잘 드러나 있다. 특
히 한문을 중심으로 이루어져 있는 다른 고전들에 비하여, 『계축일기』는
순수한 고유어, 특히 전아한 궁중어를 사용하고 있어 우리말로 표현된 문
화적 유산이라 할 수 있다.

이 작품은 표제를 '일기(日記)'라 하고 있지만, 작품의 구성방식이나 내
용전개 방식은 다분히 소설적인 특징을 지니고 있다. 즉 작품의 흥미와 효
과를 높이기 위해 작자는 작품을 서술하면서, 사건을 시간 순서대로 기술
하지 않고 이따금 이를 뒤바꿔 기술하고 있는 것이다.

요컨대 과거-현재-미래의 순서를 역전시켜 기술함으로써 독자들에게 보다 이야기의 흥미를 갖도록 했다는 것이다. 또한 과거의 회상을 통해 현재의 상황에 합리성을 부여했고, 또 현재의 사건을 쉽게 이해하도록 했으며, 미래를 예시함으로써 긴장감을 불러 일으켰으며, 때에 따라서는 안도감을 가질 수 있도록 사건의 진행을 적절히 조직하여 수준높은 작자의 기량을 발휘했던 것이다.

  『계축일기』는 문학사적으로 『한중록(閑中錄)』·『인현왕후전(仁顯王后傳)』과 함께 삼대 궁중문학의 하나로 평가된다. 『한중록』은 혜경궁 홍씨가 남편인 사도세자(思悼世子)의 비극적 죽음과 궁중의 음모, 당쟁과 더불어 자신의 기구한 운명을 회고한 자서전적 회고록이다. 『인형왕후전』은 정조(正祖) 시대의 어느 궁녀가 인현왕후 폐비 사건과 숙종과 장희빈의 관계를 적은 글이다.

  이러한 작품들은 한문과 달리 관념성과 규범성을 벗어나 일상적 체험과 느낌을 기록하면서, 여성다운 섬세한 관찰력과 표현으로 국어 산문 문학의 독특한 경지를 보여 주고 있다. 또한 궁중비사를 그리면서 일반 백성과 후세 사람들에게까지 알지 못하던 궁중의 일을 알게 하여 후일을 징계한다는 역사적 가치를 지니기도 한다.

∾ 생각하는 갈대

첫째, 『계축일기』는 인목대비 폐비사건(廢妃事件)이 시작되었던 1613년 (계축년, 광해군 5)을 기점으로 하여 일어난 궁중의 비사를 인조반정(仁祖反正) 뒤에 기록한 작품이다. 실제 일어났던 사건을 중심으로 기술하고 있기 때문에 당시의 역사적 상황을 이해하는 데 중요한 자료로서의 가치를 가지고 있다.

그런데 이렇게 역사적인 사건을 기술하고 있는 문학 작품의 경우엔 그 문학성이 문제가 되기도 한다. 실제 사건을 기록하고 있기 때문에 이를 단순한 역사서로 봐야 한다는 입장이 있는가 하면 실제 사건을 중심으로 하고 있긴 하지만, 그것이 완전히 사실이라고 단정할 수 없으며, 작가 나름의 문식이 가미되었다면 문학으로 볼 수도 있다는 관점이 병존하고 있는 것이다.

'문학' 과 '역사' 라는 다른 분야의 중심에 서있는 이러한 작품들을 과연 문학으로 볼 수 있는지에 대해 생각해 보고, 그 근거를 제시해 보자.

둘째, 『계축일기』는 역사적 사실에 근거하고 있다는 점에서 당시의 인정 세태를 잘 알 수 있는 작품이기도 하지만, 그 문체면에서도 특징을 지니고 있다. 바로 순수한 고유어, 특히 전아한 궁중어를 사용하고 있는 것이 그것인데, 이러한 『계축일기』가 여타의 다른 한문으로 쓰여진 작품들과 비교했을 때 누구나 쉽게 읽을 수 있다는 점 외에 어떤 특징들이 있는지 찾아보자.

셋째, 『계축일기』는 작자를 알 수 없는 작품이다. 그런데 작품을 자세히 살펴보면 작자를 추정할 수 있을 만한 특징들이 나타나고 있다. 먼저 궁중을 배경으로 벌어진 사건을 기술하고 있다는 점과, 어투 역시 순수한 고유어, 특히 전아한 궁중어를 사용하고 있다는 점에서 궁중에 있던 인물이 지었음을 알 수 있다. 또한 일상의 체험과 느낌을 기록함에 있어 세심한 관찰력과 표현을 보여주고 있다는 점에서 여성이 지었을 것으로 생각되기도 한다.

이런 점들을 미루어 『계축일기』를 인목대비를 곁에서 모시던 궁중 나인이 지었을 것으로 보기도 하고, 인목대비 자신이 지었을 것이라는 설, 영창대군의 누이인 정명공주가 지었을 것이라는 설 등 많은 견해가 제시되고 있다. 이러한 여러 가지 견해들 중에서 하나를 선택해, 직접 작품 속에서 그 근거를 찾아 보자.

베스트셀러한국문학선

소담의 〈베스트셀러 한국문학선〉은 우리 문학으로 떠나는 뜻깊은 여행입니다

	제목	저자	정가	내용
1.	무정	이광수 지음	값 5,500원	근대 문학사상 최초의 장편소설로 평가되고 있는 무정은 1918년 당시 최고의 시대적 선(善)이었던 계몽사상을 현실성 있게 묘사하고 있다. 우리 문학을 이해하고 문학과 시대의 관계를 이해하는데 '첫 발'이 되는 작품이다.
2.	배따라기	김동인 지음	값 5,000원	유토피아를 꿈꾸는 '나'의 이야기와 오해 및 질투로 인하여 사랑하는 사람들을 모두 잃은 '그'의 이야기를 '배따라기'라는 노래로 접합시킨 완벽한 액자소설이다. 순수한 미의식과 예술적 기교가 잘 조화된 우리 근대 단편문학의 한 전형을 이룬 작품으로 평가되고 있다.
3.	표본실의 청개구리	염상섭 지음	값 4,500원	한국 최초의 자연주의 수법에 의하여 쓰여진 작품으로 알려져 있다. 그러나 오늘날은 사실주의 문학의 기점으로서 재조명되고 있는 독특한 작품이다. 3. 1운동 직후의 허무주의적 절망과 우울 속에 침체되어 있는 지식인의 고뇌가 묘사되어 있다.
4.	사랑방 손님과 어머니	주요섭 지음	값 4,000원	사회 현실 문제에 남다른 관심을 보였던 주요섭의 대표적인 단편 작품이다. 어린 소녀의 눈에 비친 성인 남녀의 사랑문제가 서정성 강하게 나타나지만 그 이면에 풍속적 한계를 인식한 젊은 과부의 애욕의 고뇌와 체념이 읽혀진다.
5.	운수좋은 날	현진건 지음	값 4,500원	사실주의 작품으로 꾸민 이야기라는 느낌보다는 실상을 보는 듯이 선명하게 제시하여, 이야기 안에 흐르는 필연성이 독자들에게 긴박성과 함께 진실성을 발견하게 한다. 반어적 결말을 통해 놀라운 감동을 주는 현진건 소설의 백미이다.
6.	물레방아	나도향 지음	값 4,500원	가난과 상실의 문제를 주로 다뤘던 1920년대 우리나라 사실주의의 대표작이다. 식민지 시대 우리나라 농촌의 구조적 가난과 전통적인 성윤리 의식의 변질이 맞물려 빚는 갈등, 그 갈등이 고조되어 죽음으로 해소되는 과정을 잘 보여주고 있다.
7.	화수분	전영택 지음	값 4,000원	계속 재물이 나오는 보물 단지인 '화수분'이라는 이름을 가진 주인공은 이름과는 반대로 가난하고 무식하지만 스스로 희생하면서 어린 생명을 구한다.
8.	상록수	심훈 지음	값 5,000원	채영신과 박동혁이라는 두 주인공의 농촌 계몽운동을 통해 1930년대 농민운동의 실천적 의지를 일깨워 준 심훈의 대표작이다. 농촌 갱생을 위해 희생적으로 봉사하는 의지적 인물을 묘사한 작품이다.
9.	메밀꽃 필 무렵	이효석 지음	값 5,000원	소설을 시적 서정성으로 승화시키는 데 성공한 '분위기 소설'이다. 장돌뱅이 허생원의 애수가 산길, 달빛, 메밀꽃, 개울로 연결되면서 신비스런 배경의 분위기와 함께 낯익은 한국 정서로 눈앞에 선명하게 펼쳐진다

제목	저자	정가	내용
10. 동백꽃	김유정 지음	값 4,500원	우리 문학사에서 고전의 골계미 전통을 1930년대에 현대적 기법으로 소화시켜 창조적으로 계승한 김유정의 해학미 넘치는 작품이다.
11. 태평천하	채만식 지음	값 5,000원	채만식은 30년대 식민지 시대의 인텔리, 더 넓게는 궁핍한 한국민 전체의 삶의 양상을 '기성품 인생'으로 지칭하고 있다. 독자적인 사설조 문체미로 돋보이는 그 풍자 속에는 준엄한 자기 성찰과 비판의식이 깃들어 있어 진실성 있는 작가 정신을 엿볼 수 있다.
12. 탈출기(외)	최서해(외) 지음	값 5,000원	「탈출기」는 편지로 엮어진 작품으로 박군이 김군에게 집을 떠난 이유를 밝히고 있다. 이무영의 「제1과 제1장」, 박영준의 「모범 경작생」, 김정한의 「사하촌」 등이 수록되었다.
13. 날개(외)	이상(외) 지음	값 4,000원	28세로 요절한 이상의 실험적인 작품으로 일제의 억압 속에서 아무것도 할 수 없는 한국인의 모습을 절망적 풍경으로 묘사하고 있다. 유진오의 「김강사와 T교수」, 박태원의 「소설가 구보 씨의 일일」 등이 수록되었다.
14. 무녀도	김동리 지음	값 5,000원	「무녀도」는 우리의 재래적 토속신앙인 무속의 세계가 도도한 역사의 변화 앞에서 쓰러져 가는 모습을 그린 작품이다. 「황토기」, 「등신불」 등 6편이 수록되어 있다.
15. 소나기(외)	황순원(외) 지음	값 5,000원	서정성이 높고 절제된 문장미와 소설 구성의 세련된 기교로 인해 미적 감동을 유발시키는 황순원의 작품으로 누구에게나 한 번쯤 있었음직한 어린 날의 그리운 추억을 느낄 수 있게 하는 이야기이다. 계용묵의 「백치 아다다」, 정비석의 「성황당」 등 14편이 수록되었다.
16.17. 흙(상, 하)	이광수 지음	값 각 4,000원	이광수의 흙은 귀농사상(歸農思想)을 주제로 하여 쓴 계몽소설로서, 흙을 소재로 하여 민족혼을 간직하지만 가난하고 무식한 농민을 위하여 계몽자, 설교자의 자세를 취한 작품이다.
18. 무영탑	현진건 지음	값 6,000원	현진건의 「무영탑」은 경주 불국사 석가탑을 소재로 하여 숭고하고 우아한 예술의 극치를 완결해 가는 과정에 있어서의 예술가의 집념과 고뇌의 모습을 제시하는 역사소설이다.
19. 금수회의록(외)	안국선(외) 지음	값 5,500원	일반 대중에게 신시대의 이념을 고취시키고자 목적을 둔 계몽주의적 신소설인 「금수회의록」과 「자유종」을 비롯하여 남녀의 애정 모티프의 신소설인 「추월색」, 「설중매」도 소개하고 있다.
20.21. 탁류(상, 하)	채만식 지음	값 각 4,000원	1930년대 한국 사실주의 문학에서 가장 큰 금자탑을 이룩한 채만식의 대표적인 장편소설이다. '여인의 일생형'에 속하는 작품으로, 한 여인의 수난사를 줄거리로 하면서 1930년대의 세태와 하층민의 운명을 폭넓게 그리고 있다.
22. 환희	나도향 지음	값 5,000원	신여성 이혜숙과 기생 설화를 중심으로 한 두 개의 삼각관계가 펼쳐진다. 「환희」는 나도향 초기 낭만 문학의 대표작으로, 신비적이고 낭만적인 죽음의 미의식이 돋보인다.
23. 인간문제	강경애 지음	값 5,000원	「파금(破琴)」과 「어머니와 딸」을 통해 많은 사람들의 주목을 받은 여류작가 강경애의 대표작이다. 선비라는 최하층 여성의 수난을 통해

제목	저자	정가	내용
			1930년대적 한국의 참상을 고발하고 인간다움의 회복을 절규하는 강경애 문학의 핵심이다.
24,25. 사랑(상, 하)	이광수 지음	값 각 4,000원	현실의 물질적 이해 관계와 육체적 욕망을 초월한 이상주의적 사랑을 그린 계몽주의적 소설이다.
26. 삼대	염상섭 지음	값 6,500원	조부 조의관, 아버지 조상훈, 아들 조덕기의 삼대에 걸친 가계의 전개를 통해 식민지 사회의 현실을 제시함으로써, 당대의 사회적 변천과 정신사의 이면을 함께 묘사한 1930년대 가계소설의 대표작으로 손꼽히는 작품이다.
27. 백범일지	김구 지음	값 5,500원	민족사상을 고취하는 한민족의 필독서로, 세월이 지나도 그 가르침이 퇴색되지 않는 고전이 된 「백범일지」는 변치 않는 김구의 애국심이 그대로 나타나는 작품이다.
28. 진달래꽃	김소월 지음	값 4,500원	우리나라의 '국민 시인' 김소월의 170여 편의 시를 모아 엮었다. 소월의 시는 충족 속에 여물어 보지 못한 전통적인 한(恨)이 묻어난다. 짧은 서른 생의 주옥 같은 파편들을 만날 수 있을 것이다.
29. 하늘과 바람과 별과 시	윤동주 지음	값 4,000원	윤동주의 시는 어두운 시대를 살면서도 자신의 명령하는 바에 따라 순수하게 살아가고자 하는 내면의 의지를 노래하였다. 자신의 개인적 체험을 역사적 국면의 경험으로 확장함으로써 한 시대의 삶과 의식을 노래하고 있다.
30. 님의 침묵	한용운 지음	값 4,000원	우리를 일깨우는 민족의 종, 역사의 종, 자유의 종으로 상징되는 만해의 시 90여 편을 모았다. 만해의 시는 험난한 역사를 살아가는 예지와 용기를 가르쳐 주며 현실적인 생의 어려움을 극복할 수 있는 신념과 희망을 불러일으켜 준다.
31. 나도향, 유진오 단편집	나도향, 유진오 지음	값 5,500원	낭만적이면서도 객관적 사실주의 경향의 작품을 쓴 나도향과 사실적인 현실 표현으로 세태 풍자적인 작품을 쓴 유진오의 단편집.
32. 김유정, 채만식, 이효석 단편집	김유정, 채만식, 이효석 지음	값 6,000원	우리 민족의 '한' 을 웃음과 울음이라는 상반된 감정으로 표현한 김유정, 풍자문학을 통해서 왜곡된 사회적 부조리를 꼬집는 채만식, 자연의 서정성과 반문명적인 아름다움을 내포하는 작품을 쓴 이효석의 단편들을 모았다.
33. 수난 이대(외)	하근찬(외) 지음	값 5,500원	전쟁의 광포함을 따뜻한 애련의 정서로 여과시켜 표현하는 「수난 이대」는 우리에게 소박한 휴머니즘을 전달한다.
34. 혈의 누	이인직 지음	값 5,500원	정치적 성향이 짙으면서도 동시에 애정문제와 같은 내용을 포함시켜 흥미성을 추구한 이인직의 작품세계를 가장 잘 조화시킨 작품 「혈의 누」는 신소설의 대표작이라 할 수 있다. 「은세계」, 「모란봉」 수록.
35. 우리들의 일그러진 영웅	이문열 지음	값 5,000원	국민작가로 불리는 이문열의 대표작으로 세계 여러 나라에 번역, 출간된 작품. 사회의 왜곡된 의식구조와 권력 형태를 엄석대와 5학년 2반 급우들을 내세워 일종의 우화(寓話) 수법으로 그려내고 있다.